U0458864

张一弓
小传

祖籍河南新野。1935年出生于开封一个书香家庭，在家庭熏陶下，少年时代即对文学产生浓厚兴趣。1950年他的一首叙事诗在学校写作比赛中获得第一名，被校长推荐到《河南大众报》社，成为"娃娃记者"，由此开始长达三十年的新闻工作生涯。"文革"初期被打为"黑帮"，受到抄家、批斗。"文革"后期为《河南日报》社副总编辑兼任河南省委办公厅副主任。"文革"结束后被免职，调至登封县卢店公社。

1979年创作中篇小说《犯人李铜钟的故事》，刊载于1980年《收获》，被视为"反思文学"代表作。1983年调入河南省文联从事专业创作。此后他在30多篇100多万字的小说创作中，塑造了一系列洋溢着浓郁乡土气息、个性鲜明丰满的中原农民形象。继《犯人李铜钟的故事》获全国第一届优秀中篇小说一等奖之后，《张铁匠的罗曼史》《春妞儿和她的小嘎斯》相继获全国第二、三届优秀中篇小说奖；《黑娃照相》获1981年全国优秀短篇小说奖。

20世纪80年代中期以后，他先后担任中国作协理事，河南省作协副主席、主席，写出了一批具有浓烈象征意味，寓讽喻、哲理、诗情于直觉形式之中的寓言式作品，如中篇小说《孤猎》《野美人与黑蝴蝶》等。

进入新世纪后，出版个人第一部长篇小说《远去的驿站》、第一部长篇纪实文学作品《阅读姨夫》、第一部纪实散文集《飘逝的岁月》。《远去的驿站》获中宣部"五个一工程"奖、国家新闻出版总署优秀图书提名奖。

2016年去世。

创作犹如阳光和空气，暮年的他常说："写作不是消耗生命，而是带我活下去……"

百年中篇小说名家经典

BAINIAN ZHONGPIAN XIAOSHUO MINGJIA JINGDIAN

犯人李铜钟的故事

FAN REN LI TONG ZHONG DE GU SHI

总主编 何向阳

本册主编 何向阳

张一弓 著

河南文艺出版社
·郑州·

一种文体与
一百年的民族记忆

何向阳 （丛书总主编）

　　自 20 世纪初, 确切地说, 自 1918 年 4 月以鲁迅《狂人日记》为标志的第一部白话小说的诞生伊始, 新文学迄今已走过了百年的历史。百年的历史相对于古老的中国而言算不上悠久, 但 20 世纪初到 21 世纪初这个一百年的文化思想的变化却是翻天覆地的, 而记载这翻天覆地之巨变的, 文学功莫大焉。作为一个民族的情感、思想、心灵的记录, 从小处说起的小说, 可能比之任何别的文体, 或者其他样式的主观叙述与历史追忆, 都更真切真实。将这一百年的经典小说挑选出来，放在一起，或可看到一个民族的心性的发展，而那可能被时间与事件遮盖的深层的民族心灵的密码，在这样一种系统的阅读中，也会清晰地得到揭示。

所需的仍是那份耐心。如鲁迅在近百年前对阿Q的抽丝剥茧，萧红对生死场的深观内视，这样的作家的耐心，成就了我们今天的回顾与判断，使我们——作为这一古老民族的每一个个体，都能找到那个线头，并警觉于我们的某种性格缺陷，同时也不忘我们的辉煌的来路和伟大的祖先。

来路是如此重要，以至小说除了是个人技艺的展示之外，更大一部分是它对社会人众的灵魂的素描，如果没有鲁迅，仍在阿Q精神中生活也不同程度带有阿Q相的我们，可能会失去或推迟认识自己的另一面的机会，当然，如果没有鲁迅之后的一代代作家对人的观察和省思，我们生活其中而不自知的日子也许更少苦恼但终是离麻木更近，是这些作家把先知的写下来给我们看，提示我们这是一种人生，但也还有另一种人生，不一样的，可以去尝试，可以去追寻，这是小说更重要的功能，是文学家个人通过文字传达、建构并最终必然参与到的民族思想再造的部分。

我们从这优秀者中先选取百位。他们的目光是不同的,但都是独特的。一百年,一百位作家,每位作家出版一部代表作品。百人百部百年,是今天的我们对于百年前开始的新文化运动的一份特别的纪念。

而之所以选取中篇小说这样一种文体,也是出于这个原因。

中篇小说,只是一种称谓,其篇幅介于长篇小说和短篇小说之间,长篇的体积更大,短篇好似又不足以支撑,而介于两者之间的中篇小说兼具长篇的社会学容量与短篇的技艺表达,虽然这种文体的命名只是在 20 世纪的七八十年代才明确出现,但三四十年间发展迅速,其中的优秀作品在不同时期或年份涵盖长、短篇而代表了小说甚至文学的高峰,比如路遥的《人生》、张承志的《北方的河》、莫言的《透明的红萝卜》、韩少功的《爸爸爸》、王安忆的《小鲍庄》、铁凝的《永远有多远》等等,不胜枚举。我曾在一篇言及年度小说的序文中讲到一个观点,小说是留给后来者的"考古学",

它面对的不是土层和古物,但发掘的工作更加艰巨,因为它面对的是一个民族的精神最深层的奥秘,作家这个田野考察者,交给我们的他的个人的报告,不啻是一份份关于民族心灵潜行的记录,而有一天,把这些"报告"收集起来的我们会发现,它是一份长长的报告,在报告的封面上应写着"一个民族的精神考古"。

一百年在人类历史上不过白驹过隙,何况是刚刚挣得名分的中篇小说文体——国际通用的是小说只有长、短篇之分,并无中篇的命名,而新文化运动伊始直至70年代早期,中篇小说的概念一直未得到强化,需要说明的是,这给我们今天的编选带来了困难,所以在新文学的现代部分以及当代部分的前半段,我们选取了篇幅较短篇稍长又不足长篇的小说,譬如鲁迅的《祝福》《孤独者》,它们的篇幅长度虽不及《阿Q正传》,但较之鲁迅自己的其他小说已是长的了。其他的现代时期作家的小说选取同理。所以在编选中我也曾想,命名"中篇小说名家经典"是否足以囊括,或者不如叫作"百年百人百部小说",但如此称谓又是对短篇小说的掩埋和对长篇小说的漠视,还是点出

"中篇"为好。命名之事,本是予实之名,世间之事,也是先有实后有名,文学亦然。较之它所提供的人性含量而言,对之命名得是否妥帖则已显得不那么重要了。

值此新文化运动一百年之际,向这一百年来通过文学的表达探索民族深层精神的中国作家们致敬。因有你们的记述,这一百年留下的痕迹会有所不同。

感谢河南文艺出版社,感动我的还有他们的敬业和坚持。在出版业不免利益驱动的今天,他们的眼光和气魄有所不同。

2017 年 5 月 29 日　郑州

目录

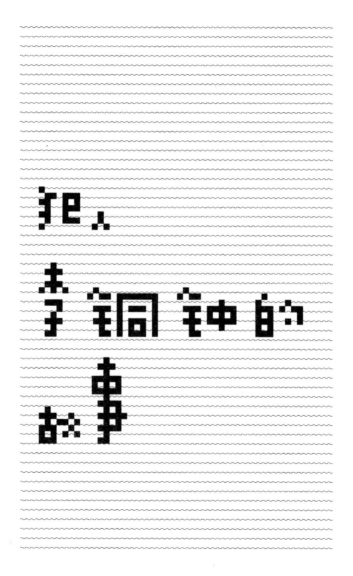

犯，

青铜钟的

故事

一　清明时节

清明时节为什么总要下雨呢？ 那无声的、细细密密的雨丝，如同编织着银色的网，和纷乱的思绪纠结一起，笼罩在地委书记田振山的心头。

田振山正坐在吉普车上，去一个偏僻的山区小县，参加一个党支部书记的平反大会。

这位支部书记离开人世已经十九年了。 十九年来，历史给人们带来多少意外的纷扰，开了多少严峻的玩笑啊！ 但是，田振山始终没有忘记这个人——李铜钟，这个出生在逃荒路上、十岁那年就去给财主放羊的小长工，这个土改时的民兵队长、抗美援朝的志愿兵，这个复员残疾军人、李家寨大队的"瘸腿支书"李铜钟。 就是这样的一个李铜钟，临死却变成"勾结靠山店粮站主任，煽动不明真相的群众，抢劫国家粮食仓库的首犯"李铜钟了。

而现在，历史又做出新的判决：李铜钟无罪。 尽管县委、地委对于李铜钟的平反有过激烈的争论，尽管做出平反决定以后还有一些同志对此忧心忡忡，新上任的地委书记还是决定亲自参加这次平反大会。为了让活着的人们更加聪明起来，为了把人间的事情料理得更好一些，他要到那个阔别十九年的小山寨里去，到那个被野草覆盖着的坟头上去，为一个戴着镣铐的鬼魂去掉镣铐了。

吉普车在山区公路上颠簸着、疾驶着。田振山打开车窗，让清凉的山风把无声的细雨吹洒在他刻满皱纹的脸庞上，他合上眼睛，想起了那个发生在十九年前的奇异的故事……

二　春荒

党支部书记李铜钟变成抢劫犯李铜钟，是在 1960 年春天。

这个该诅咒的春天，是跟罕见的饥荒一起，来到李家寨的。

自从立春那天把最后一瓦盆玉米面糊搅到那口装了五担水的大锅里以后，李家寨大口小口四百九十多口，已经吃了三天清水煮萝卜。晌午，"三堂总管"——三个小队食堂的总保管老杠叔，蹲在米光面净的库房旮旯里，偷偷哭起来："老天爷呀！嗳嗳嗳嗳……你睁睁眼吧……你不能叫俺再挎要饭篮，嗳嗳嗳嗳……"

哭，也是一种传染病。老杠叔的哭声从没有关严的门缝里溜出来，首先传染给那些掂着饭罐来食堂打汤的老婆婆，接着又传染给那些家里有孩子喊饥的年轻媳妇，再往后，就变成连男人们也无法抗拒的一场瘟疫了。

"不能哭，不能哭。"沉重的假腿在雪地里"咯吱咯吱"响着，李铜钟从大队部跑过来，向大家讲着不能哭的道理，"哭多了，眼要疼，头要晕哩；哭多了，也要伤身体哩。我眼下再去公社问问，说不定统销粮有消息啦！"

哭声平息了。大家都无言地望着年轻的支书。这个百里挑一的强壮汉子，也明显地饿走样了。他眼皮虚肿着，好像能掐出水来，四方脸庞上塌下了两个坑儿。但他颠拐着七斤半重的假腿向村外走去的时候，却把屋里人张翠英递给他的柳木棍扔得远远的，穿着褪色军大衣的五尺四寸五的身个儿照旧挺得笔直，网着血丝的黑沉沉的大眼睛里还在打闪哩。那姿态和眼神都仿佛告诉大家：这个复员兵，还能打几仗哩！

李铜钟的心里却是沉重的。当他想着要向那位"带头书记"杨文秀要饭吃的时候，心里就充满了愤懑和忧郁。

"带头书记"原来是一位文才出众的小学教师，后来被提拔到县委宣传部当了干事。他辛辛苦苦干了五年，渐渐感到，在县委大院里，像他这样一个没有区、乡工作经验的人，往后能当上秘书，写一点"遵命文牍"就算到顶了，"鸡蛋壳里发面——没有大发头"啊！因此，1958年，他积极报名下基层工作，当了十里铺公社的党委书记。从此，他就把全副精力用在揣摩上级意图并在三天之内拿出符合这种意图的典型经验上了。比如他来十里铺上任以前，听说理论界提出了一国能不能首先进入共产主义的问题，他立即感到这同列宁提出的社会主义革命可以首先在一国或数国取得胜利的论断具有同等的意义。他依此类推，得出结论说，一个公社首先进入共产主义也是完全可能的。这个公社当然就是十里铺公社。因此，他上任第二天，就向大家宣布：十里铺公社两年进入共产主义。此后，他每天都要吸两包烟卷，那双好像用小刀子在脸上随便剜出来的小眼睛总是眯细着、眨动着，闪烁着诡秘的光，盘算着十里铺公社各项工作怎样跑在前头，选择县委书记田振山没有外出的时机，向县委报喜。

过分卖力的时候，动作是容易变形的。上级意图——且不说这意图是否正确——一经杨文秀加工，就会变成一幅极其夸张的漫画。大办钢铁时，他命令村村队队砸锅炼铁，没收一切可以搜集来的铁器，门鼻、门搭钩无一幸免，统统砸碎，填到"小土群"里，吓得李铜钟的屋里人连连祷告，千万别叫炼铜，因为她的男人是"铜钟"。县委号召建立"丰产方"的时候，他又指示各队："丰产方"一律建立在大路边，粉要擦在脸上。为了充分表现报纸上说的那种"老人赛过老黄忠，妇女赛过穆桂英"的冲天干劲，当检查团到来的时候，他让社员们化妆劳动，锣鼓助威，老汉们挂着业余剧团的长胡子下地，妇女们穿着古装戏衣，打着穆桂英的"帅"字旗。

李铜钟用忧郁的目光望着这一切，他觉得新上任的公社书记整天都在演戏，在给上级演戏，巴望着受到赏识和喝彩。他嘱咐李家寨的干部："李家寨都是种地户，不是戏班子，咱不耍他那花架子、木头刀。"

但是，李家寨也没能逃脱"带头书记"带来的一场灾难。去年天旱，加上前年种麦时钢铁兵团还在山上没回来，麦种得晚，一晚三分薄，秋庄稼又碰上"捏脖旱"，夏秋两季都比不上往年。而"带头书记"又带头提出了"大旱之年三不变"的豪迈口号：产量不变、对国家贡献不变、社员口粮不变。结果，两头的"不变"落空，只是经过"反瞒产"，才实现了中间那个"不变"。正是因为这个"不变"，在十里铺公社应该进入共产主义的时候，李铜钟不得不跛着腿，一趟接一趟地往公社跑着，向杨文秀汇报着使共产主义变得十分渺茫的春荒问题了。

每去公社一次，对李铜钟的忍耐力都是一次严峻的考验。

第一次，是李家寨社员一天还能吃到"四大两"的时候，也是杨文秀把县委、县人委颁发的超额完成粮食征购任务的奖状挂到墙上的时候。

"李铜钟同志，"杨文秀的声音是严厉的，"你知道是哪些人叫喊粮食问题吗？"

"知道。"

"哪些人？"

"贫下中农。"

"你说啥？"杨文秀困窘地把烟卷举在空中，怔住了，但很快又在空中画一个圈儿，说，"新中农吧，是新的上中农嘛，同志，你的屁股不要再坐到富裕中农的板凳上了。"

没等李铜钟回话，"带头书记"已经迈着跃进式的步伐，冲出了小会议室。

第二次，是李家寨眼看就要断粮的时候，也是杨文秀亲眼看见李家寨的榆树皮已被剥光的时候。

"李家寨的口粮是有点紧张。"杨文秀避开了李铜钟的黑沉沉的眼睛，"可眼下的精神还是反右倾啊，反两眼向上的伸手派啊，不是我不愿向县里要粮食，就怕那顶右倾帽子不好戴啊！"

"你把帽子给我。"李铜钟沉声说，"只要反右倾能反出粮食、反出吃的，这右倾帽子，我戴一万年。"

"不要意气用事嘛，同志。"杨文秀踱着步子，说，"口粮不足，不光你一个李家寨嘛。听说地委正开保人保畜会，咱县田书记去了。等他回来，听听精神再说。你们食堂菜地种得不赖，再顶一阵子嘛。"

李铜钟，你有多么坚韧的忍耐力啊。但是，历史证明，肚子的忍耐力是有限度的。在吃了三天清水煮萝卜以后，食堂门口传来了社员们的哭声。虽然三天前李铜钟就托人给县委书记田振山送去了一封"告急信"，并按照李家寨坐头把交椅的文化人、会计崔文的建议，在信上画了三个像炸弹一样的"！"，但还没有收到回音。李铜钟只好再一次用他的假腿，"砰嗵、砰嗵"地敲打着公社门口的青石台阶了。

"铜钟，不用说了。"杨文秀推着自行车往门外走着，"田书记回来了，县委通知开会，专门研究社员生活，你回去等着吧。"

"可眼下……"

杨文秀已经蹬上自行车，一阵风似的走了，但他回过头来喊叫："萝卜。"

李铜钟回来了。路过好汉坡时，他觉得头晕，脚不把滑，一下子栽倒在路沟里。他一动不动地躺在积雪上，没有力量爬起来。他很想这样躺下去，永远躺下去，不再起来了。但他想起还有几百口人在等着他，想起县委在开会，说不定田书记已经收到了那封告急信。于是，他吞了几口雪，挣扎着爬了起来。当他走到寨门外时，已经挺直了腰杆，对守在寨门洞里等他归来的干部们说："宰牛吧。"

三 "花狸虎"的悲剧

"把我宰了吧，把我煮锅里吧！"在三队饲养室里，李套老汉死死抓住"花狸虎"的缰绳，愤懑地喊叫着，"谁的主意，吃牲口？干脆把我吃了算拉倒！"

队长小宽牵着牲口说："套叔，你掂量掂量，保人、保畜，哪轻哪重？再说，这是大队的决定，俺铜钟哥拿的主张。"

"是铜钟？"李套老汉怔住了，他没想到这是他那个残疾儿子的主见。论家法，他是"领导"；论国法，铜钟可是上级哩。看来，"花狸虎"的命运已经不可改变了。"牛，牛，你牵走，这几槽牲口你都牵走，咱散伙，咱不过了！"李套老汉松了缰绳，不忍心再看"花狸虎"一眼，就坐在小板凳上，脸朝墙，哭起来。不多时，食堂屋后传来"哞哞"的牛叫声，他觉得那是"花狸虎"在叫他，好像一把刀剜着他的心，他眼前一黑，晕倒在草垛上。

几个社员把李套老汉抬到了家里。大队卫生室的王先生，拄着棍，匆匆跑来，用指头掐住李套老汉的"人中穴"，差点掐出血来，老汉才睁开眼，把窝在心里的那口气吐了出来。

儿媳妇小声问："爹，好些儿没？"

老公公只叹气，不吭声。

孙儿小囤儿趴在床头上："爷，谁惹你啦？"

爷爷只叹气，不吭声。

王先生把铜钟家叫到外间，板着脸说："人饿虚了，经不住急火攻心，没啥好方子，静养吧。"王先生叹口气，想着牛肉，拄着棍走了。

"花狸虎"已经被绳子捆住四条腿，卧倒在场上。它"哞哞"叫着，一双通人性的圆鼓鼓的眼睛，滴着蚕豆大的泪珠。它绝望地瞪着人们，好像在说：人啊，不要杀我，我还能犁地哩，七寸步犁也拉得动哩，杀了我，够你们吃几顿呢？ 李铜钟不忍心再看下去，悄悄离开了屠宰场。 半路上，又忍不住勾回头，从拉起来的军大衣领子上看了"花狸虎"最后一眼。 为了不让自己听见那"哞哞"的牛叫声，他拉下了棉帽耳朵。

铜钟听说爹晕倒了，急忙回家看爹。 爹却偏过脸，对着墙，不理他。 铜钟明白，爹是心疼"花狸虎"呀。 记得是互助组转初级社那年，他带上复员费，跟爹去十里铺牲口市上牵回了这头牲口。 俗话说，卖菜不卖筐，卖牲口不卖缰。 他的复员费将够买这头大牛。 爹就到山货行货场上捡了一根草绳，爹笑着说这是"金缰"，就用这根"金缰"把牲口牵了回来。 一进村，爹就指着这头身上有黑色条纹的大牡牛，向组员们夸说："俺牵回来一头'花狸虎'，你看它那腿，就是四根柱。"家里窄狭，没处喂牲口，爹就把牲口拴到外屋大梁上。 夜里，"花狸虎"啃断草绳，钻到里屋，吃了五斤棉花籽儿、六斤半谷种，还把装谷种的一口新铁锅撞到地上，摔了八瓣。 "中，中，"爹又摸着胡子夸说，"好吃手，准是好套活！"转社时，爹叫翠英用扭秧歌用的红彩绸，结了个大绣球，挂在牛角上。 爹又把一床新铺盖搭在牛背上，骄傲地牵着牛在村里游行，拐弯抹角走了四四一十六条胡同，才来到新盖起的饲养室。 从此，他跟牛都在那里住下，度过了七个寒暑。 如今，槽上虽说添了十几头大牲口，可爹对"花狸虎"总是有点偏心，他时常抚着牛背，说：

"社会主义是辆车，靠它拉的头一程。"

眼下，铜钟站在爹床前，抱愧地说："爹，'花狸虎'岁口嫌老些儿……"

"不说这，不说这……"爹的胡子哆嗦着。

"爹，等来年丰收后，我还您牲口……"

"不说这，不说这……"两行眼泪从爹的眼角里涌出来。

"爹，您是说……"

"我是说……"爹用胳膊撑起上半身，直愣愣地望着儿子，小声问，"你对爹说实话……党还要咱不要啦……"爹忽然咬住被角，瘦削的肩膀猛烈地抽动起来。

"党要咱，党要咱。"铜钟抑制了内心的激动，凄然地说，"党不知道咱忍饥……"

"那就好，那就好！"爹又挣扎着坐起来，哀怜地望着儿子，"那你这当支书的，万万不敢躺下，万万不敢。 你没看看，乡亲们忍饥受饿，也没一人逃荒，没一句怨言，那为啥？ 就因为对党信得过。 孩子，四五百口人的死活搁在你身上。 爹知道，你肚里也没装一粒粮食子儿，你要是饿得受不住，就想想民国三十一年是咋过来的，想想你那死在逃荒路上的娘，说啥也要把全村人领过这一春天。 孩子，爹求你……求你！"

铜钟"扑通"跪在爹脸前，眼里噙着泪说："爹，孩子我记住这话。"

四　吹牛不报税

牛肉过了秤，连杂碎在内，一口人九两零三钱。为了把牛肉公平合理地装到社员肚子里，大队决定分肉到户。食堂里剩下的白菜、萝卜和烧煤，跟牛肉一起，连夜分了下去。时兴了一年多的集体食堂不声不响地解散了。李家寨一百二十多座农舍里，已经生起煤火，响起了开水滚锅声。"花狸虎"跟另外几头老牛一起，在一百多个砂锅、铜盆、搪瓷盆里冒着热气，就要为人们尽着最后的义务了。

"我不吃，我吃不下！"大队长张双喜像下神一样闭着眼，盘腿坐在煤火台上，推了女人端给他的青釉大瓷碗。

女人问："你是跟谁怄气？"

张双喜忽然扬起巴掌，"噼啪"地打着自己的脸，说："我跟它，我跟它！"

女人惊慌地按住他的手："老天爷，这是你的脸！"

"我就打它！"张双喜又打着嘴说，"我叫你说瞎话，我叫你说瞎话……你虚报产量，叫全村人跟着受累……"这个四十岁出头的小个子庄稼人打着、骂着，把嘴撇得像瓢一样，十分痛心地哭起来。

张双喜那两片薄薄的被旱烟熏得发黄的嘴唇，并不是生来就有说瞎话的爱好。他传染上这种像感冒一样使人头脑发烧、嗓门发痒的流行病，是在一九五八年。

那年麦子收罢，张双喜跟铜钟、崔文去县里参加三级干部会。那时节，省报印着红字的"号外"——张双喜把它叫作"外号"的，正在连续放射亩产小麦三千七百多斤、五千三百多斤以至八千七百多斤的丰收"卫星"，宣扬着"人有多大胆，地有多高产"的跃进哲学和哲学的跃进，这样就从理论和实践上批驳了"保守派""摇头派""秋后算账派"的种种谬论。

那年麦季，这个县尽管获得了空前的丰收，而且有了一个明年把粮食产量提高百分之五十一点五的持续跃进规划，但在地委召开的县委书记会议上，这个县还是受到了严厉的批评：对人的主观能动作用缺乏足够的认识啊，持续跃进的步伐落后于形势的需要啊，对人民群众的积极性和创造力估计不足啊！等等，等等。

面对着地委的批评和党报的"号外"，县委书记田振山跟县委其他领导同志，怀疑自己是大大地落后了。他们感到脚下踩着的这块土地，正在报喜的锣鼓声中震动、沸腾的土地，说不定当真到了马克思他老人家说的"集体财富的一切源泉都充分涌流"的时候。他们诚恳地反了自己的右倾，按照地委布置下来的指标，在三级干部会上宣布了一个"一年'上纲'、两年'过江'"的规划。

"带头书记"杨文秀早已摸透了上级意图，他立即在大会发言中宣布：十里铺公社一年"过江"，迎接共产主义的到来。他引用一首据说是十里铺的民谣，描绘了共产主义的幸福情景。 可惜那时文化部门正开展着"全民皆诗人"的群众运动，由于都成了诗人，这首民谣的作者也就无从查考，有些诗句也已湮灭在诗歌的汪洋中了。 有幸得到杨文秀的引用而流传下来的，只有这样几个警句：

> 咱吃蒸馍蘸白糖，
>
> 你看咱过得瓢不瓢！
>
> 咱穿呢子大皮靴，
>
> 你看咱过得得不得！
>
> 咱乘火箭坐飞艇，
>
> 你看咱过得中不中！

田振山在台上连连点头，说："中，中！"

台下，张双喜却向李铜钟耳语："咱赶紧出去躲躲吧，一会儿把房顶吹塌了，别砸住咱！"

李铜钟坐着没动，他紧皱眉头，不住地用"号外"纸卷着烟卷，像一个愤怒的火车头，喷出一缕缕呛人的浓烟。

大组会上，要各队报规划时，队干部都变得格外谦虚，互相推诿着，谁也不打头一炮。 杨文秀知道张双喜口齿伶俐，讲话煽动性强，眼下又是特别需要这种煽动性的时候，于是，他点名叫张双喜发言。 张双喜却用巴掌捂住半边脸，从牙缝里"咝咝"地吸着风说："书记，我牙疼。"杨文秀鼓励他说："不需要长篇大论，只要说到点子上，有个态度就行。"又带头鼓掌:"欢迎欢迎!"张双喜不得不站了起来,而一旦站起来,说话就不由自己了。只见他咳嗽两声,清了嗓门,大声吆喝道:"那就长话短说,我跟俺支书、会计商量了,俺大队老落后,一年上不了'缸',只能上'盆儿',还是那二号盆儿。"在人们的哄笑声中,他露出最正经、最认真不过的神色,望着屋顶说:"啥时候'过江'哩?等俺爬到'缸'沿上,吸袋烟,看看再说。"连那些最不爱笑的庄稼人,也都前仰后合,笑出了眼泪。张双喜神色庄严地坐回到半截砖头上,小声问铜钟:"啥样?"铜钟捅他一拳,说:"大实话,是咱庄稼人的大实话。"崔文却踢了踢双喜的脚,往台上努了努嘴。只见杨文秀瞪眼望着他们,紫涨着脸,气得像吹猪一样。

谁能料到呢?李家寨就这样变成了右倾的典型。杨文秀在总结发言中指出:"上缸"和"上盆儿"之争是两条道路斗争在十里铺公社的集中表现;所谓"上盆儿",实际上表现了小生产者的狭隘性、二流子的懒惰性、摇头派的摇摆性、保守派的顽固性。宣扬"上盆儿"论的人必须转变立场,首先在思想觉悟上来一个跃进,从"盆儿"上跃到"缸"上。

散会回来时,爱唱路戏的张双喜变成了哑巴。

崔文抱怨他:"双喜哥,你发言咋不讲点策略?反正,吹牛不报税。"

铜钟说:"我拥护双喜哥的发言,共产党为群众办事,就得石杵子捣石臼——石（实）打石（实），不耍嘴把式。"

双喜说："反正，往后我嘴上贴封条，嘴角再站俩把门儿的。"

但是，1958年以后运动多，三天两头要汇报运动情况。李铜钟的假腿没有张双喜的真腿好使唤，上公社汇报的任务，就像灾难一样落在张双喜的头上。

在爱国卫生运动评比大会上，开始学了一点"发言策略"的队干部们，有的说做到了"几净几光"，有的说几"臭"变成了几"香"。张双喜搁心里说："天冷偏烤湿柴火——对着吹吧。"轮到张双喜汇报，杨文秀瞟他一眼说："好，这一回又看李家寨的了。"张双喜憋了一肚子气，决定用一种特殊的方式进行报复。他小声咳嗽着，用那种站不到人前的后进队长的胆怯声调，谦卑地说："俺李家寨卫生运动也老落后，站不到人前头。可经过领导帮扶，向先进看齐，俺那才上碾的小毛驴儿总算养成了刷牙的习惯……"真是语惊四座，使得外队的所有汇报统统黯然失色了。张双喜看见杨文秀露出惊异的神色，暗暗拧了钢笔帽，就不由得感到一种快意，一种进行了一次小小报复的快意。他想着小毛驴儿摇着头刷牙的模样，便忍不住"哧"地笑了。几十张有胡子和没有胡子的嘴巴几乎是同时咧开，哈哈大笑起来。

"静静！"杨文秀用钢笔杆儿敲着桌子，问道，"小毛驴怎样养成了刷牙的习惯，怎见得它养成了这良好的习惯？"

这倒是一个难题。张双喜虽然没有上过大学中文系，却不乏形象思维的能力，他说道："今儿清早我去三队饲养室，正碰上二夯家牵着那头白眼窝小叫驴儿走亲戚，小驴儿'埼儿夯、埼儿夯'直叫唤，就是不跟她走。鞭抽它，它不走，鞭杆儿捣它，它不走。二夯家问那小驴儿：'你是惊住啦？吓住啦？'驴摇摇头。又问：'你是缺草啦？缺料啦？'驴又摇摇头。'那你到底有啥心事？'小驴儿仰着下巴颏儿，朝着二夯家直龇牙。二夯家吓得包袱丢地上，扯着嗓子直喊叫：'哎呀套叔，您的驴咬俺哩！'饲养员李套老汉三步并作两步跑出来，看见小驴儿正龇牙，就对二夯家说：'别怕，她嫂子，它不是咬你，它是怪我慌张，没给它刷牙。'李套老汉把小驴儿牵回去，一盆净水，一把刷子，都是消过毒的，给小驴儿上牙刷三遭，下牙刷三遭，牙槽里刷三遭，刷够三三见九这个数，才把缰绳递给二夯家，往驴腔上拍一巴掌，说：'走吧。'小驴儿就打了个响鼻儿，乖乖儿地跟二夯家走了，一路上尥着蹶子直撒欢儿。"张双喜擦去由于紧张的形象思维而在鼻尖上沁出的汗珠，朝杨文秀一摊手，说："就这。"

杨文秀急急地往本子上记着，问道："给牲口刷牙有哪些好处？"

这一回，张双喜运用逻辑思维，答道："免生口疮舌刺儿。"

张双喜的汇报获得了极大的成功。他诚惶诚恐地从杨文秀手里接过一面锦旗，上写：卫生先锋。 但他一出公社门儿，就把锦旗掖到腰里，回到家，又把它塞到墙窟窿里，从来没向别人提过它。

从此，每逢汇报某个运动的开展情况而又有杨文秀在场的时候，不知是巴甫洛夫的条件反射学说，还是牛顿的惯性定律，就在张双喜的嘴上得到一再的证明。 比如，汇报扫盲运动情况时，他说，李家寨有老两口，都七十多岁了，夜里瞌睡少，老头就在老婆脊梁上画字儿，叫老婆认，直到鸡儿叫二遍……汇报除"四害"运动情况时，他说，李家寨的猫娃饿得"喵喵"直叫唤，因为没老鼠吃了。 只是消灭麻雀的成绩不老好，老祠堂屋檐底下有一窝麻雀漏了网，可等他拿着手电去掏窝，只摸了一手麻雀屎，原来这窝麻雀也搬家了。 咦，这麻雀真是鬼能鬼能！

于是，杨文秀多次表扬了李家寨的转变，公社秘书小陶时常摇着电话机，喊叫："喂喂，李家寨吗？ 双喜在不在？公社往县上写报告，杨书记特意交代，叫他再补充点活材料，活的！"

每逢张双喜回了这样的电话，就像吃了蝇子一样吐着唾沫，对崔文说："呸，真叫你说对了，吹牛就是不报税。"但他嘱咐崔文："可不敢叫铜钟知道，他要知道了，不用破鞋底打我的嘴才怪！"

去年秋后，张双喜终于受到了吹牛的惩罚。

那是他去参加公社核产会的时候，一进公社大门，就看见影壁墙上画着一幅图表，最顶上画着火箭，依此类推，是飞机、汽车、牛车、乌龟，上写：十里铺公社秋季产量评比图。他想，他的身体不老好，坐火箭怕头晕，骑乌龟又老霉气。报产量时，他不往上挤，不往下靠，向中等偏上的大队看齐，多报了十万斤总产，坐上"飞机"回来了。

李铜钟一听说坐上了这号"飞机"，就向张双喜发了一顿脾气。"双喜哥，你也学会卖嘴啦？这镜子里的烧饼十万斤，是叫工人吃，是叫解放军吃？党中央、毛主席叫咱鼓实劲，没叫咱吹糖人，你就是吹出个天堂，叫谁住？"李铜钟放了一通"上甘岭上的炮弹"以后，就跑到公社说："把俺那产量减下十万斤，我情愿骑乌龟。"但他一去就是十天。在公社后院小楼上，他跟那些坐上"牛车"和"乌龟"的大队干部一起，叫反了十天右倾。等他回来的时候，在公社"反瞒产"工作组的指挥下，李家寨已经超额十万斤完成了秋粮征购任务。

眼下，张双喜照旧坐在煤火台上，像下神一样哭着、骂着："你真混蛋，你不该坐那飞机……"

五　老杠叔和他的钥匙

九两三钱肉能产生多少卡的热量呢？

断粮第七天，李铜钟跟王先生在全村挨门检查了一遍。他发现，李家寨四百九十多口人，就有四百九十多个浮肿病号。 有百十口人已经挺在床上不会动弹了。 王先生铁青着脸，用拐棍捣着地，对铜钟说："要是这两天还不见粮食，你就组织专业队，上西山刨墓坑吧！"

李铜钟探望的最后一家是"三堂总管"老杠叔。 四天以前，老杠叔蹲在食堂库房里哭了一场以后，回家就病倒了。 食堂库房里已经没有生的或熟的叫他操心，再也用不着一天十二遍地开门、锁门、出生、进熟、过秤、上账了。 生活变得空虚而寂寞，支撑着他这把老骨头的精神支柱突然倾倒了。 他躺在床上，掂着库房门上的那一串钥匙，长久端详着："老伙计，咱得分手了。 我不能带你去，那儿用不着你……"

李铜钟和王先生来到老杠叔家门口，看见门头上挂的那块"光荣烈属"牌，止不住心里一阵难受。 老杠叔的独生子是 1944 年跟皮司令走的，淮海战役时牺牲了，家里只剩下老两口。 这两位老人家比旁人更有权利过几天不知饥寒的日子啊！

李铜钟和王先生走进院子，正听见老杠叔在屋里喊叫："花他娘……人死如灯灭，还做那啥送老衣？ ……你要心疼我……就拽一把棉花套子，叫我啃啃……啃啃……"

王先生听见这话，就像软瘫了一样，一下子蹲在老椿树底下的捶布石上，说："这病人我不敢看，不敢看，看着老难受……"

李铜钟一个人进屋了。 老杠婶正用面布袋给老伴做送老衣，一见铜钟就哭了。她搬个小板凳，让铜钟坐下，说："你叔眼看不中了，论说他活这六十多，也够他的了。俺啥也不想，只想他种了一辈子庄稼，管了一年多食堂，能叫他临走……临走有一把粮食子儿嚼嚼……"

老杠叔在里屋听见这话，就责怪老伴说："你没问问铜钟吃的啥？我说铜钟，你就别听她瞎说……你过来，叫我再看看你。"

李铜钟走进里屋，坐到床沿上，攥住老杠叔的手，说："叔，怪我没能耐，叫您老人家受恁大委屈……"

"不怨你，孩子，不怨你。"老杠叔温存地望着铜钟，从腰带上解下那串钥匙，捧在手里，说，"支部……群众信任我……叫我管食堂一年七个月……零八天……我老没材料，只会开开门、关关门……办不了大事……不能为你分忧。往后，再来了粮食，选个靠得住的……把钥匙给他。"老杠叔嘴唇哆嗦着，手也哆嗦着，把钥匙塞到铜钟手里。

铜钟把钥匙还给老杠叔，说："叔，说啥您也得熬过这两天。支部给田书记，就是来咱村搞土改的田政委，写了信，公社杨书记上县开会快回来了。我约莫着，粮食该下来了。这钥匙，还得您管。"

这时候，王先生推门进来了，手里攥着一瓶鱼肝油丸，对老杠叔说："哥，这是你大侄子从湖北捎回来的西药丸，按西医说，这是那啥营养药，一天吃几丸，兴比嚼那棉花套子强些儿。"他郑重地拧开瓶盖，倒出两粒，塞到老杠叔嘴里，又接过老杠婶端过来的一杯水，把药丸冲了下去。

大门外有人喊叫："铜钟，铜钟，快，快……"随着话音，崔文跑进门来，上气不接下气地说："杨书记打电话……叫你去公社，口粮……有办法啦！"

昏暗的屋子里好像"唰"一下充满了光亮。李铜钟大步噔噔走出屋门时，老杠叔已经叫老伴扶着坐起来，把那串钥匙重新系在裤腰带上。

这一回，王先生不是用拐棍捣地，而是在地上画着圈儿，说："这比啥药都强！"

六　"这叫化学！"

杨文秀在他生着煤火的小西屋里接待了匆匆赶来的李铜钟。他取出夹在笔记本里的一封信，从眯细着的眼缝里逼视着李铜钟，问道："这封信是你写给田书记的？"

"是我。"李铜钟向信上扫了一眼，看见一行粗大的铅笔字："如情况属实，应抓紧解决。"

"李家寨当真没一点粮食啦？"

"这样吧，书记，"李铜钟凄苦地笑笑，"你去尝尝李家寨那饭，那清水萝卜饭，不叫你多吃，只吃三天。"

"不管有多大困难，公社给你们解决嘛。"杨文秀想起，田振山把信转给他时，用那种困惑不解的目光审视着他，好像在说：啊？杨"带头"同志，你是这样带头的啊！

这使他紧张而且懊恼。 眼下，他把那封信折叠起来，装到衣兜里，说："你就是不写这封信，公社也不会不解决；你写了这封信，照样还得公社解决嘛。"

"该解决了，书记。"

"那么，你说说，李家寨还有玉米皮、红薯秧吗？"

"你是说……"李铜钟怔住了。

"红薯秧，玉米皮——包在玉米穗外边的那几片叶子。"

李铜钟寻思说："玉米皮大部分垫圈沤粪了，红薯秧还有。"

"麦秸多不多？"

"麦秸？"

"对，麦秸。"

"麦秸不缺，牲口能吃到麦口。"

"这就好。"杨文秀像是丢了一桩心事，又对铜钟说，"走吧，我叫你看几样东西。"

"啥东西？"

"吃的。"

李铜钟跟着杨文秀，来到了会议室。 只见柳树拐、椿树坪、竹竿园大队的党支部书记、大队长和食堂司务长，正围着会议桌抽烟。 公社秘书小陶已经把窗户上的雨搭卸下来，贴上了红纸，正用排笔蘸着黄颜色，写着"报喜"的最后一个"口"字。 会议桌上，一溜儿摆着十几个八寸白瓷盘，盘里放着黑色、黄色、黑红色的块状、条状和圆锥形物体。

杨文秀对李铜钟说："这次县委开会，传达了地委的精神，号召缺粮社、队大搞代食品，没等散会，我就提前回来，搞了试点，很成功，为解决缺粮问题找到了一条门路。"他指着盘子里的东西，宣布了世界上新出现的几个食物品种："一口酥"玉米皮淀粉虚糕、"扯不断"红薯秧淀粉粉条、"将军盔"麦秸淀粉窝头等等。他挨个儿地介绍了每一种代食品的原料、特点和优越性，那封"告急信"给他带来的紧张和气恼，都被这些营养学上的重大发明抛到九霄云外了。

李铜钟觉得他面前出现了奇迹，但他的右倾思想使他对这些奇迹还有些疑问："这是红薯秧、玉米皮做的？"

"你不信？"杨文秀拿起一块"一口酥"，送到李铜钟嘴上，说，"我请你吃饭，不收粮票，好就好在不收粮票。"

李铜钟掰下一块，细细品尝着。味觉告诉他，虽说有点发涩，可也没有太大的怪味；触觉告诉他，虽然有点硌牙，却也咽得下去；听觉告诉他，嚼起来沙沙作响，可这是玉米皮做的哩，能跟八五粉比吗？他在懊恼，玉米皮不该铡碎垫圈。

按照杨文秀的指点，李铜钟品尝了每一种代食品。他觉得，那种"扯不断"淀粉粉条更接近粮食的味道，暗暗庆幸三个队的红薯秧还保存完好。

"铜钟同志，"杨文秀郑重地说，"李家寨的唯一出路，就是大搞代食品。抓住这一着，一盘死棋就下活了。"他发觉李铜钟脸上还蒙着一层疑云，又说："这没有什么神秘嘛，不外乎把玉米皮、红薯秧煮煮、碾碾、沤沤、蒸蒸，起一点化学变化就是了。"最后，他加重语气说："眼下的精神还是反右倾，要彻底打破在缺粮问题上无能为力、无所作为的懒汉懦夫思想，迅速开展大搞代食品的群众运动。铜钟，事实证明，反右倾可以反出粮食，反出吃的，灵得很！"

李铜钟没有注意这个意味深长的警句，他完全被这些奇妙的代食品吸引住了，他要求说："最好请先进队派人到俺李家寨指导指导，叫俺明天就吃上这'一口酥'。"

杨文秀指着柳树拐大队党支部书记说："石头，包给你了。"

刘石头跟李铜钟是老伙计，去年秋天，他俩都骑过"乌龟"，住过公社小楼。刘石头满口答应："没问题，包你一学就会。"

"那咱眼下就细说细说。"李铜钟拉着刘石头，走出会议室，钻进了书记屋。他掏出小本儿，拧下钢笔帽，说："俺队红薯秧还不少，你先说说红薯秧咋做粉条？"

刘石头瞪他一眼，说："咋做，用粉芡做呗。"

"红薯秧能做粉芡？"

"咋不能？如今兴坑人，不光红薯秧能做粉芡，猪毛也能炸丸子。 这叫化学！"

李铜钟觉得一瓢冷水从他头顶泼下来，但他还抱着一线希望，问道："那'一口酥'？"

"掺了一半玉米面。"

"那'将军盔'？"

"人吃了没一点益处，落个牲口没草吃。"

全部希望顿时化为灰烟。 李铜钟好像受到谁的捉弄似的，愤懑地站了起来。 他忽然想起，那年他病倒在逃荒路上，昏过去了，不知是谁用星星草捅他的鼻子，叫他打了三个喷嚏……

"杨书记知道底细吗？"铜钟问石头。

"敢叫他知道？！"

"石头哥，你也学会哄人啦？"

"不哄他，他克咱；哄哄他，他舒坦。 啥法儿哩！"

"石头，咱共产党不能这样胡来！"

刘石头把脸仰到李铜钟眼皮底下，说："你看看，兄弟，你看看，我刘石头像那号说瞎话的人不像？ 可我是属鼠的，听俺娘说，我生下来就胆小，十五岁那年，俺哥、俺姐架住我，我才敢看看死蛤蟆。 打从年前咱俩住进了公社小楼，我就落下个心跳的病，一见杨书记，心里就'咚咚咚咚'，跟敲鼓一样。 你没听人说，不怕苦，不怕累，就怕公社小楼上'背靠背'。 我算叫反右倾反怕了！"

李铜钟拉下棉帽耳朵，不愿再听下去。 他很想痛哭一场，而终于没有哭出来。

公社大门外，响起了热闹的唢呐声和锣鼓声。杨文秀和椿树坪、竹竿园大队干部，还有十里铺的几个吹鼓手，站在一部"热特"拖拉机的拖车上，带着神奇的食品，去县委报喜了。

李铜钟忽然抓住刘石头的袄襟，推搡着他说："石头哥，你去赶上他们，抓住他们，趴下磕个头说，咱都改了吧，我往后再不说瞎话，你们也别再逼着我说瞎话，我求求你，求求你，看在毛主席他老人家的面上，咱都改了吧，改了吧！"

刘石头吃惊地望着铜钟，突然蹲地上，捂住脸哭起来。

七 血红的指印

就这样回去，把绝望带给李家寨吗？ 李铜钟像一头愤怒而又疲惫的狮子，在公社门口的雪地里徘徊。 他看见四百多双饿得发黄的眼睛，眼巴巴盯着李家寨东南的赶集路，他们的瘸腿支书将从这条路上回来，给他们带回吃的，而瘸腿支书要对他们说："乡亲们，咱忍饥受饿，因为咱是傻子，不懂化学……"

李铜钟啊，在社员们七天没吃一粒粮食籽儿以后，你还有什么办法使他们免于死亡呢？ 你能叫麦苗儿今天夜里就起莛儿、明天清早就扬花儿、不到晌午就结籽儿吗？ 你能叫

"反瞒产"反走的十万斤粮食长上腿，回到李家寨吗？ 你能对社员们说，民国三十一年的经验证明，北山裤裆沟里的白甘土可以当粮食吃吗？ 要不，你就狠狠心，说，乡亲们啊，可怜我这个一条腿的人没能耐，挑不动这副担子，请大家掂上打狗棍，自谋生路去吧。 然后，你就把一级残疾证装到玻璃框里，用竹竿儿举着，领着婆娘、娃娃，去荣军休养所要碗饭吃吧。

不能，不能，不能哩。 要是世界上没有饥饿和寒冷，还要共产党做啥？ 共产党员李铜钟啊，你跑到鸭绿江那厢打狼，你瘸着一条腿回家，难道是为了在乡亲们最需要你的时候抛开他们吗？ 支部书记李铜钟啊，你这一辈子能有几回像今天这样检查你对人民的忠诚，考验你的党性啊！

李铜钟的胸膛里燃起了一场大火。 只有那条必然给他带来严重后果而又不能不走的道路好走了。 这条路走得通吗？他不知道。 但他大步颠拐着，向西山脚下的靠山店粮站走去了。

在粮站里，一个一条胳膊的中年汉子，正爬在梯子上，用胳肢窝夹着扫帚把，用一只手挥动扫帚，清扫着库房上的积雪。 他的动作是那样熟练，好像使用扫帚本来就是一只手的工作，而且要用左手。

这是李铜钟的战友——粮站主任朱老庆。 在朝鲜大水洞消灭美军二师三十八团的战斗中，他俩一个折了胳膊，一个断了腿。 断了腿的给折了胳膊的包扎了伤口，折了胳膊的把断了腿的背到了急救站。 后来，他们一起回国，进了荣誉军人休养所，又同样因为过不惯请吃坐穿的日子，一个复员务农，一个转业到了粮站。

"你好啊，司务长。"李铜钟站在梯子下面喊叫，用的是部队里的称呼。

一张发黄的长满黑胡茬子的脸庞从梯子上扭过来。"咦，是二班长，啥风把你吹来啦？"

"报告司务长，我来要饭吃。"李铜钟的表情是严肃的，毫无开玩笑的意思。

"你是说……"

"我是说借点粮食。"

"这算啥话？ 借，借！"朱老庆摇着脑袋，从梯子上爬了下来。 他发觉铜钟好像害着一场大病，只有他的眼睛还在闪耀着火一样的光亮。 "铜钟啊，你朱大哥知道，农村口粮紧张，好赖我还穿着这四个兜的衣裳，旱涝保收，一个月少不了二十九斤口粮。 一块窝窝，咱一掰两瓣儿。 可你说啥？ 借，借！"他慢吞吞地说着，把铜钟领进了他的办公室兼住室，又慢吞吞走到煤火台后边，从一个木箱子里掂出半布袋面，搁到桌子上，用命令的口气说，"掂去。"

李铜钟推开面布袋："这不够。 我是说，借你这大仓里的粮食，五万斤。"

像火烧屁股一样，朱老庆"噌"地站起来，直愣愣地盯着铜钟："你说啥？"

"仓库里的粮食，借给我五万斤。"一个字就是一颗炸弹。

朱老庆又"嗵"地坐在椅子上。他已经知道自己的耳朵没有毛病，关紧屋门，说："铜钟，你是神经上出了毛病？咱粮站可没有这规矩。"

"这我知道。"李铜钟把棉帽摔到桌子上，"老朱，李家寨四百九十多口，断粮七天了，靠清水煮萝卜保命。党把这四百多口交给我，我不能眼睁睁看着大家等死！"

"啊……"朱老庆瞪眼望着铜钟，呆住了。

"要是李家寨都是懒虫，把地种荒了，那我就领着这四百九十多口，坐到北山脊上，张大嘴喝西北风去，那活该！可俺李家寨，都是那号最能受苦受累的'受家'，谁个手上没有铜钱厚的老茧，谁个没有起早贪黑的跃进？他们侍候庄稼，就跟当娘的打扮她们的小闺女一样。我不是夸他们，自从土改到现在，穷乡亲们一个心眼扑在社会主义上，一滴汗水摔八瓣儿，一步一个深坑儿走过来，把山旮旯变成粮食囤儿，年年赶着大车，往你这仓库里送了几百万斤粮食。去年年景不好，大家还想着把细粮卖给国家，都是一等一的碧蚂一号。可有人"反瞒产"反红了眼，把李家寨的口粮也挖走了。"李铜钟忽然站起来，指着窗外的库房，大声说，"就在那儿，就在那儿，那儿装着李家寨的口粮！"

"啊……"朱老庆望着库房，小声惊叫着。

"打老日，打老蒋，抗美援朝，乡亲们把咱俩这样的苦孩子，牵马戴花交给党，去跟反动派拼命，咱俩回来了，可有不少好同志，回不来了。如今，我眼睁睁地看着他们爹妈……饿躺在床上，说：给我拽一把套子，叫我啃啃……啃啃……"李铜钟发出了抑制不住的哽咽声，但他很快又控制了自己，逼视着朱老庆说，"老朱，你说，你是借不借？"

朱老庆毫无表情地回答："我不借！"不知为什么，两滴眼泪却顺着他的鼻梁淌下来，挂在胡子上。然而，他的声音是无情的："这是国家的粮食，保护它，像保护生命一样，是我的职责。"

"老朱，把麻绳给我。"

"干啥？"

"我要把你捆起来！"

两个战友虎视眈眈地对峙着。火光，炽热的火光，在那双黑沉沉的眼睛里燃烧着、跳跃着。"老朱，我要的不是粮食，那是党疼爱人民的心胸，是党跟咱鱼水难分的深情，是党老老实实、不吹不骗的传统。庄稼人想它、念它、等它、盼它，把眼都盼出血来了，可你……"李铜钟眼前一黑，觉得天旋地转，高大的身躯猝然倒了下去。朱老庆急忙迎上去，紧紧地抱住他，失声喊叫："二班长，二班长！"

只有一条胳膊的，把只有一条腿的拖到床上。那个只有一条腿的，吃力地睁开眼睛，嘴唇翕动着，衰弱而又固执地说："借给我，我还，我还……"

朱老庆用开水泡了一碗饼干，一勺一勺地喂着铜钟，嗓

音沙哑地说："铜钟，向上级反映吧，咱俩这缺胳膊少腿的
厮跟上。"

"反映了，老朱哥。"

"怎么说？"

"上级说，玉米皮、红薯秧会变成粮食，叫那饿了七天
的人，吃这……吃这化学。"

朱老庆沉声不吭了。他从兜里摸出来一根一拃长的玉石
嘴旱烟袋，坐在小板凳上，一袋接一袋地抽着。他觉得心里
发冷，连说话的声音也哆嗦起来。"这仓库经我手管理，还
没有出过岔子。我消灭老鼠，就跟打鬼子一样。为的啥？
为这是庄稼人的血汗、国家的命脉……经我手，收你们李家
寨的粮食，不下几百万斤，可我不知，李家寨在忍饥……"
朱老庆不善辞令，尤其在这心乱如麻的时候，很难听出他下
的是什么决心。"这仓库里倒是有十几万斤粮食，要不是大
雪封山，早叫调运走了。西仓库，五万斤玉米，一色的'金
皇后'，雪前刚晒过。今儿晚上，月黑头，仓库后门，虚掩
着，是你这个一条胳膊的朱大哥值班。"他突然咳嗽起来，
"我的肺不老好，不老好。"

李铜钟听懂了，生命的活力立刻回到了他的身上，他翻
身下床，说："老朱哥，给我一张纸，我得写个借条。"

"没用，没用。"朱老庆摇摇脑袋，又指指心窝，"反
正，我这儿，有数。"

李铜钟在桌上找到一张信纸，拧开笔帽，寻思着。他想

写上李家寨的难处，写上他多次向上级反映情况的经过，写上百十口浮肿病号离死亡的门槛只有一指远了，但心里千头万绪，不知道该从哪里下笔。 最后只写了这样几句话：

　　春荒严重，断粮七天。社员群众，忍饥受寒。粮站借粮，生死相关。违犯国法，一人承担。救命玉米，来年归还。

　　今借到靠山店粮站玉米伍万斤整。

　　　　　　　　　　李家寨大队共产党员　李铜钟

　　　　　　　　　　1960 年 2 月 7 日

朱老庆戴上老花眼镜看了借条，从袄兜里掏出钢笔，在"一人承担"的"一"上添了一道，又在李铜钟名字底下写上一行歪歪扭扭的大字：靠山店粮站共产党员朱老庆。 他好像遗忘了什么，想了想，又郑重地打开印盒，用指头蘸了印色，在他名字底下按了一个血红的指印。

李铜钟感激地望着战友，不吭声咬破了食指。

"铜钟，你……"

"我用这，我用这。"

李铜钟把食指按了下去。

"夜里十一点。"朱老庆说着，把两包饼干塞到铜钟的大衣兜里。

八　"不敢吃！"

黄昏后，李铜钟回到了李家寨。当他通知各队准备车辆、磨坊管理员准备开磨的时候，每一座农舍里都点亮了灯，好消息像插了翅膀似的，霎时传遍全村："统销粮下来啦！"

"婶，婶，"李铜钟喊叫着，从半截院墙上把手伸过去，往老杠婶手里塞了两包东西，说，"叫俺叔先嚼嚼这，赶明儿，兴许能吃上一顿饱饭。"没等老杠婶看清是啥东西，铜钟就转身向大队部走去了。

不知是两包饼干还是来了统销粮的消息，把老杠叔从死亡的门槛上拉了回来。"甭哭了，"他对老伴说，"这一回俺真不走了，俺算着咱还有十年以上的阳寿。"他摸索着下了床，看见隔壁大队部的马灯亮了，就掂根棍拄着，不顾老伴的阻拦，捏着系在腰带上的钥匙，说："我去听听会，我活着就得为社员们跑腿儿。"说着，一摇三晃地出了门。

大队部正在开会。当老杠叔悄悄坐在门外那块槐树疙瘩上的时候，正赶上铜钟讲"借粮"经过。队干部惊呆了，老杠叔在门外也惊呆了。他想着这粮食的来路，想着铜钟这个支书当的老不容易，鼻子一酸，忍不住哭起来。

"谁？"崔文从门缝里伸出脑袋，问着。

"是我。"老杠叔埋怨自己不该惊动队委们，拄着棍，想站起来，可他来时那股劲没有了。

崔文扶起他，说："进屋吧，你一个人在这儿难受啥哩？"

老杠叔抹着泪说："我想着，当个人老不容易。"

大家把老杠叔扶到崔文平时睡在那里守电话的小床上，又各就各位，沉声不响了。

打破沉默的是老杠叔。"铜钟，咱就是饿死，也不能吃这粮食……咱李家寨没做过违法的事……你们在党的在党，在团的在团……不在党、不在团的……也都是共产党的基本群众……咱饿死也不能动公仓。"老杠叔看看大家，又说，"1951年，毛主席在北京瞅见咱衣裳单薄，怕冻住咱……一入冬就发下寒衣……经如今田县委的手，给我发了这棉裤。"他用指头捣着棉裤，说，"就它，就它……饿得心慌了，我就看看棉裤，心想……毛主席不叫咱冻着……就不会叫咱饿着……兴是年前风老大，电话线刮断了……上头跟底下断了线……等两天，再等两天……等电话线接上……"

灯光照不住的地方，有人抽噎着，擤着鼻子。

"那就缓两天。"一队队长李荒年往鞋底上磕着烟锅，说，"不能叫铜钟为咱担恁大责任。"

"我发言。"这是张双喜。好多天了，他觉得没脸见乡亲，一头缩在家里不出来，开会时也蹲在黑影里，眼下却从墙角站起来，说："老杠叔，荒年哥，趁咱眼下还能鼓捣动，快把粮食背回来吧。再等两天，就是给咱粮食，怕咱也鼓拥不动，背不回来了。 李家寨四百多口，就是饿坏一口，也是咱一辈子赎不完的罪。 往后，要是铜钟有个三长两短，我……"他挥挥手，停下来，等鼻子里冲上来的像吃了生葱一样的气味过去以后，才哑着嗓子说："蹲黑屋、过大堂、上劳改队，再大磨难，我张双喜替他。"

窗户外有人喊叫："荒年叔，咱队牲口不济事，卧那儿不起来。"这是一队鞭把二愣的声音。

"荒年叔，你听听，"会计崔文已经打定主意，"不光人不能等了，牲口也不能等了。 我看这粮食非吃不可，天塌下来，咱队委一块儿顶着。"

队委们都站起来，说："就这，就这。"

李铜钟最后说了话："老杠叔，我知罪，你就原谅你侄儿这一回罪过。 眼下借点粮食，保人保畜；来日多打粮食，支援国家，兴能把我这罪过赎回来。 抓紧准备吧，等会儿在西寨门外集合。"他想了想，又说："大队去我一个人就行了，双喜哥、崔文兄弟都留在村里照应。"

散会了。 人们带着紧张和宽慰交织一起的心情离开了大队部。

不知是谁家窗纸上映着人影，喊声里夹杂着哭声："他爹，你醒醒……醒醒，救命粮下来啦！"

九　饲养室里

在三队饲养室，李套老汉已经把两头辕骡和四头帮梢牲口交给了鞭把，正满心欢喜地向他那些拴在槽上的臣民宣布："统销粮来了，你们总算熬过来了！"

铜钟、小宽跟一队鞭把二愣，掀开棉门帘走进来。

小宽向铜钟使个眼色，说："套叔，你看，一队社员来向你取经。"

李套老汉从槽前勾回头，说："咦，还没吃上一顿饱饭，可又取经哩！"他对风行一时的"取经"很有点信不过。

二愣说："灾荒年景，俺一队见你喂那牲口老壮实，把大车又套上了，不知你用的啥仙法儿。可俺队牲口不争气，凑合着只能派出去一辆车。大家叫我问问套叔，你这牲口是咋喂的？"

"咋喂的？"李套老汉心里像三伏天用小扇子扇着，"牲口不会说话，全靠人替它操心。"他看看儿子和小宽，"实话说，我给你们当干部的守了点密。秋后，我看着粮食紧缺，就天天省下几把料。"他掀开草埚，露出几个料布袋，说："这不，到如今，这群吃材虽说料不足，可没断过顿。啥经？就这。"

小宽说："咦，你对俺铜钟哥也守密？"

李套瞟儿子一眼，说："他牲口都舍得吃，能不吃我这牲口料？"他想起了"花狸虎"，可怜它没能熬到今天，心里又难过起来。"可也难怪你们。我是喂牲口的，是把牲口看得高些儿。社会主义是辆车，全靠大骡子大马拉着跑哩！"

李铜钟感激地望着老爹，他想起，食堂里还能打来一瓢稀饭的时候，爹时常等送饭的媳妇走后，把稀饭倒在牲口槽里。

小宽看时机成熟了，笑着说："套叔，眼看要去拉粮食，可一队牲口有困难……"

李套心里一沉。"你是说使咱这牲口？"

"套叔，俺队社员说，不使你喂这牲口，粮食别想拉回来。"二愣嘴上像抹了蜜。

李套老汉坐在草垛上，想了足足一袋烟的工夫，才开腔说："我能眼看着粮食拉不回来？可我这牲口也不是老硬邦，这四川马跟那青骡子，勉强能驾辕。既然你们当干部的事先拍了板儿，我一个喂牲口的还能挡车？"

没等李套老汉说完，二愣就去槽上解缰绳。"等等。"李套老汉用烟袋锅点着二愣的鼻子说，"你们那帮梢牲口可得硬邦点，你们当鞭把的不能鞭打快牲口。"

"套叔，你看看。"二愣掀开棉袄襟子，指着肋条说，"就是叫我甩扎鞭，你侄儿我也没那力气。"

李套郑重地看看他那二九一十八条肋条，那确实是二九一十八个可靠的保证。 他终于解下了缰绳。

小宽、二愣把牲口牵走后，李套老汉又叫住儿子，说：
"听说粮食不算少，可你记住给社员讲讲，囤底儿省，不如
囤尖儿省；能吃半顿，不叫断顿；不能有了狠，没了忍。"
老汉又心疼地打量着儿子。 "这些天，难为你了。 等粮食
拉回来……"他指着儿子的假腿，"叫它好好歇歇，是根拐
棍儿也不能整天拄着。"

"中，爹，等粮食拉回来……"铜钟想起了什么，神色
怆然地说，"我跟它都歇。"

"是这话。 为群众跑腿儿，天还长哩。"爹说着，背着
手，向槽前走去。

十　寨门外的呼喊

西寨门外大路上，摆着大小车辆。 由基干民兵组成的运
粮队，在一人吃了两碗萝卜熬白菜以后，已经排好队站在寨
门洞里。

李铜钟向大家约法三章：第一，要遵守纪律，到了粮
站，是给咱的咱拿走，不是给咱的，一粒粮食籽儿也不能
拿；第二，不要坐车，叫牲口留着气力拉粮食；第三，黑更
半夜的，不要惊动四邻八家。

在积雪映照着的靠山公路上，人马出发了。

"你坐上，你那腿不得劲。"有人在铜钟耳边说话。 这

是张双喜。

"你不该来。"

李铜钟有点生气。

"我陪你，到天边儿，我也陪你。"

"咱队委……都陪你。"这是崔文的声音。

星光下，李铜钟看见十几个人影，无声地簇拥着、跟随着他。他不满地叹了口气，颠拐然而坚定地向粮站走去。

"不能去呀，不能去呀！"寨门里，传来老杠叔嘶哑的哭喊声。他跌跌撞撞地奔出寨门，跌倒在路旁的积雪里，但他扒着、爬着、喊叫着："孩儿们，回来呀……咱饿死也不能动公仓……"

一阵山风卷走了老杠叔的呼唤。

李铜钟头也不回地走着。他觉得有一条小虫子从他眼角里爬出来，那是一滴只有在人们看不见的时候才让它流出来的共产党员的眼泪。

大路上，没有人声，只有"嘚嘚"的马蹄声。

十一　毛主席，请您老人家原谅……

沉默多天后，李家寨的三座磨屋里又响起了轰隆轰隆的磨面声。磨屋前都排着长长的队。按照连夜分配到户的口粮指标，每户先领一天的面，让全村人赶紧吃上一顿饱饭，然后随磨随领。

石磨在轰鸣，老杠叔却在叹息。小宽从西寨门外把他背回来以后，他就躺在床上，陷入无法解脱的矛盾中。咋办好哩？违法粮吃不得；不吃违法粮，眼看要饿死人啦！你活了六十多，土拥住脖子了，闭住嘴不吃这违法粮，当个干干净净不犯法的鬼去。可全村四五百口，都叫跟着你，啃那墓坑里的土？

但是，在大多数七天没吃一粒粮食籽儿的庄稼人看来，对于他们必不可少的肠胃运动和衰弱到极限的身体来说，违法粮跟合法粮没有任何区别，或者可以说是同样的"老好"。营养学家可以做证，玉米，无论是违法的还是合法的，它所包含的蛋白、淀粉和热量完全相同。

正是这缘故，磨屋前才排着长长的队，一张张浮肿的面容上都已露出宽慰的微笑，一双双昏黄的眼睛里都在闪耀着生命的光芒了。就连老杠叔的百依百顺的老伴，也好像完全不明了老杠的心思，已经以烈属的身份站在领面行列的第一名了。

违法粮同时又是救命粮，这种精神和物质的分裂，使得老杠叔越想越糊涂了。而这时，崔文在门外喊叫："老杠叔，磨屋里堆不下恁些粮食，还得用用食堂库房，小队保管立等你开锁！"

老杠叔必须马上决定对这批违法粮的态度了。他"吭吭"地咳嗽着，不知道怎样回答才好。

"老杠叔，我在一队等你。"崔文忙得脚不沾地，没进屋就走了。

咋办好啊？ 法律与营养的矛盾逼得老杠叔无路可走了。他从床上爬下来，站起，又坐下，走两步，又返回来，最后，才想起什么，摸摸索索点着了灯，举在手里，照亮了墙上的毛主席像。 两行热泪"噗噜噜"流着，滴在土改时分的那张八仙桌上。 "毛主席，您老人家就原谅俺一回……"他哽咽着，对毛主席像说，"咱李家寨的干部都是正经庄稼人，没偷过，没抢过……铜钟是俺从小看大的，去朝鲜国打过仗，是您教育多年的孩子……俺吃这粮食，实在是没有法子……"老杠叔不可遏制地痛哭失声了，他丢下油灯，"扑通"跪下，说："毛主席……当个人老不容易呀！ 您就原谅……原谅吧！"老杠叔"呜呜"地哭着，尽情地哭着，好久，才抬起苍白的头，透过蒙眬的泪水，望见毛主席慈祥地向他微笑。 他好像终于得到了宽宥和安慰，哆哆嗦嗦地擦去眼泪，吹灭了灯。

在夜色笼罩的村巷里，老杠叔拄着棍，颤巍巍地走着。"原谅……原谅……"伴随着钥匙的叮当声。

十二　三口大锅

整个村寨都沉浸在喜悦的气氛里，李铜钟和他的假腿，却一个躺在床上，一个躺在床下，酣甜地睡熟了。

只是在平安地拉回粮食、磨屋里响起轰鸣声、社员们开始把黄澄澄的玉米面掂回家里的时候，李铜钟才忽然感到那样衰弱和疲累，多天来一直在右肋下折磨着他的疼痛，断腿骨朵上磨出的新的伤口，都忽然变得那样难于忍受了。他感到必须睡一个好觉，才能有足够的精力，让那条假腿把他带到县公安局"投案自首"。

翠英和社员们一样，还不知道这批粮食的秘密。她喜气洋洋地和婶子、大娘们厮跟着，领口粮去了。为了让男人睡个好觉，她把囝儿送到饲养室，交给了公爹。恬静的小屋里，只有铜钟在说着梦话："是我……我是李铜钟……"

铜钟醒来时，已经过晌午了。屋子里弥漫着白茫茫的水蒸气，荡漾着玉米面馍的甜香。翠英却坐在灶边，悄悄地擦着眼角。

"翠英，你……"

翠英把几个玉米面馍、一大碗黄糊涂端到床头桌上，说："全村人都吃了一顿饱饭，就剩你了。"她说着，把脸偏到一旁。

"翠英，你哭了？"

"吃你的吧。"翠英避开了铜钟的眼睛，"煤火不老好，我加了把柴火，烟熏住眼了。"

是哩，庄户人家有了粮食，喜欢还来不及呢，哪有哭的道理？铜钟拿起馍，大口大口地嚼起来。"好吃，好吃！"他连声称赞，"你做的是糠吃着也香，这可是成色十足的玉米面。"

　　翠英悲伤地瞟他一眼，又低下头，把两块玉米面馍用手巾兜着，又用勺子刮着锅底，舀了半瓦罐黄糊涂，掂着出了门。

　　"翠英，才给咱爹送饭？"

　　"爹吃了，囤儿也吃了。"

　　"那你是往哪儿掂？"

　　"别问了，你吃一顿安生饭吧。"

　　"谁家出啥事啦？"铜钟在找他的假腿。

　　翠英停下脚步，眼圈红了。"我去寨外拾柴火，碰见一个逃荒的……"

　　"逃荒的？"铜钟心里一沉，他明白，他这个逃荒逃到李家寨的屋里人，老爹是饿死在寨壕里的，她懂得逃荒的艰难。他忙推开碗说："那你快送去。"

　　翠英刚出屋门，铜钟就套上了假腿。

　　当铜钟来到西寨门时，只见一个花白胡子老汉，抱着一根棍，倚着铺盖卷儿，歪倒在寨门洞里。翠英正一口一口地给老汉喂饭。老汉身边围着一圈社员，正把一块块刚蒸好的黄面馍塞到老汉的破竹篮里。老汉已经缓过劲来，直起身子说："谢谢，谢谢！"

　　铜钟问："大爷，你是哪村的？"

　　"柳树拐。"

　　李铜钟想起了刘石头和他的"一口酥"，拿定主意说："大爷，不要走了，我给你掂点粮食，送你回去。"

"多谢了。"老汉用棍指指寨门外，说，"俺后头还有上百口子，不能都麻烦你。"

铜钟走到寨门外。他看见一个无声的人群正在北山脚下缓缓移动着。有人背着铺盖，有人挎着篮子，顶着刺骨的寒风，踏着积雪的山路，移动着，吃力地移动着。

走在前头的那个人，肩上挎着铺盖卷儿，手里掂着一个小广播筒，不时地勾回头，把广播筒扣在嘴上喊叫："不敢掉队，不敢掉队！"

"石头！"铜钟喊叫那个领头的。

刘石头装着没听见，低着头，不看他。

铜钟迎上去，把石头拉到路边，说："你这个支书，领着社员上哪儿去？"

刘石头没好气地说："你就别叫我支书，你就叫我要饭头。支部决定了，出外逃荒，也得书记挂帅。"他瞥铜钟一眼，忽然把帽子抹下来，像碗一样捧在手里，行着鞠躬礼，说："行行好，行行好，同志，您就留一口，留一口，留个碗底儿叫俺舔舔，叫俺这种粮食的人舔舔……舔舔……"刘石头学说着，不由得眼圈红了。

李铜钟一把抓过帽子，给他戴在头上，说："咱说正经话，你们在这儿避避风，李家寨送你们一人两碗稠糊涂。"

"咦咦，你那粮食不敢吃。"

"为啥？"

"吃了会吓死俺！"石头又朝铜钟瞥了一眼，说，"你们会计媳妇是俺村闺女，今儿清早，她掂回去一手巾兜玉米面，她说……"石头用胳膊肘碰碰铜钟，"老弟，你打过仗，胆大！"

铜钟说："不管咋说，这两碗黄糊涂，你们非喝不可！"

石头说："椿树坪、竹竿园也有一二百口逃荒的，一会儿就过来，你管得起？你不知，眼下趁公社干部都在县里开会，光咱十里铺公社，就有几千口人去卧龙坡扒车。"

李铜钟心里乱了。他在想，李家寨的人不挨饿了，可还有多少柳树拐、椿树坪啊……

转眼到了寨门口。李铜钟抓过来刘石头的广播筒，对柳树拐的逃荒队员说："婶子、大娘、大叔、大伯们，你们路过俺李家寨，李家寨也没啥送你们，就在这寨门洞里避避风，给大家熬几锅黄糊涂，喝了再走。"他把广播筒还给刘石头，就一颠一拐地朝寨子里奔去了。

村巷里，才吃了一顿饱饭的庄稼人商议着："一人省下二两，送送咱那逃荒的乡邻！"

就这样，李家寨西门外支起了三口大锅。锅里煮着稠玉米糁，勺子搅不动，筷子挑得起，一人两大碗，送走了柳树拐、椿树坪、竹竿园的逃荒社员。

天黑了。走风口吹来的寒风，猛烈地摇落了树上的积雪，天黑得像倒扣着的染缸一样。不知是什么时候又开始下雪了，鹅毛雪片在风中狂舞，淹没了逃荒的人群。

据喇叭碗里的气象预报：今夜大雪，北风七级，最低温度零下十五度。想着那个小车站上的逃荒社员，李铜钟心里结冰了。

十三　首犯是这样落网的

李铜钟回到寨子里，天已经黑透了。

他刚走进西寨门，会计崔文就失魂落魄地跑过来，往寨门外推着他，说："跑，快跑，公安局来人啦！"

李铜钟平静地问："面都分下去啦？"

崔文把一小包钱和粮票塞到铜钟的大衣兜里，推着他说："你就别管了，跑吧，俺替你打官司……"

李铜钟好不容易才从崔文手里挣脱出来，照旧用那颠拐着的大步，朝寨子里走去。

迎面一阵脚步声，三个人影疾速地跑过来。

李铜钟迎上去，问道："同志，是找李铜钟？"

"他在哪儿？"

"在这儿。"李铜钟用指头点着自己说，"他在这儿。"

三个人全怔住了。这是公安局刑警队的同志。他们没有料到，那个"哄抢国家粮食仓库的首犯"，竟是这样平静甚至是友好地自投法网了。

手电的强光照射在李铜钟的脸上，他们看见了一张憔悴然而纯正的脸庞，在他眯细着的眼缝里，闪动着镇静、和善的目光。

一张纸像一张苍白的没有表情的脸，在李铜钟面前晃动。

"这是逮捕证。"

"手！"

李铜钟顺从地伸出双手。当一个冰冷坚硬的物件箍在他手腕上的时候，他对那个软瘫在寨墙底下的大队会计说："记住给双喜哥说，种子得留够……"

村巷里传来了嘈杂的人声，李铜钟微微皱起眉头，朝西寨门仰仰下巴颏儿，对公安局的同志说："从这儿走吧，这条路清静。"他领头走进了寨门洞。

"不要抓他，不要抓他！"张双喜像疯了一样跑过来，喊叫着，"我替他，我替他！"

社员们从各条村巷里奔出，汇成一股人流，像潮水一样涌过来，伴随着惊慌的哭叫和凄厉的呼喊。

"俺们保他，俺们保他！"

"李家寨不能没有他呀！"

刑警队的同志吃惊地怔住了，但他们很快就清醒过来，用身体堵住了寨门洞。刑警队长喊叫着："社员同志们，我们是奉命办案，有意见可向法院反映，不要乱，不要乱，警惕坏人破坏……"

人流还在向寨门洞拥着，囤儿爬在小宽肩膀上喊叫：

"爹，爹呀……"

李铜钟转回身向人群走去，人们忽然肃静下来。

"回去吧，乡亲们。"像是拉家常一样，犯人李铜钟发表着他的告别演说，"都回去吧，下着雪，怪冷的。公安局的同志是依法办案，咱得遵守章程，不能给同志们添麻烦，对不对？党、团员带个头，队委们带个头，把上岁数的搀回去，好好养养身子，不误春耕大忙。我去向上级汇报汇报，过些时兴能回来，兴能赶上种秋……"

人们顺从地站在寨门口，一动不动了，只有眼泪从那一张张瘦削的脸庞上淌下来。

李铜钟看见妻子翠英直愣愣地盯着他，在人群里朝前挤着、挤着，突然闭上眼，歪倒在李四婶的肩头上。

"唉唉唉唉……"老杠叔哭着，头撞着寨墙，"老天爷，这是咋啦？咋啦……"

雪花在北风中狂舞。风雪路上响起了那条假腿"咯吱、咯吱"的声音。望着黑魆魆的走风口，李铜钟想起了卧龙坡车站，他的心冷到了冰点以下。

十四　胁从犯与县委书记

没等李铜钟自动投案，事情就这样发生了。

这天上午，县粮食局调运靠山店粮站十万斤粮食的时候，朱老庆把五万斤粮食装上汽车，而把五万斤粮食的借条交给了县粮食局长。然后，他刮了胡子，穿上那套发白的旧军衣，扣上风纪扣，把军帽戴到眉上二指远的地方，又把空袖筒塞到衣兜里，好像准备去参加一个隆重的宴会。

印着两个血红指印的"借条"，已经送到县委书记田振山的手里。田振山简直不敢相信自己的眼睛。他盯着李铜钟的名字，想起了土改时那个带头参军的民兵队长，想起他复员时怎样跛着那条假腿来县委看他，接着又从李家寨传来李铜钟带头办社、开山引水的消息。这两年，他不仅没有再看到过李铜钟，跟公社以下的干部也都很少见面了。有什么法子呢？一年只有三百六十五天，而去年一年他就开了二百九十四天会，只开半晌的小会还没有统计在内。有什么法子呢？样样工作都要书记挂帅啊！当他听说有人叫他"开会书记"的时候，他苦笑了，"是嘛，'国民党的税，共产党的会'嘛！"有什么法子呢？当他难能可贵地抽出时间下乡跑跑的时候，只好是"下去一条线，沿着公路转，隔着玻璃看，公社吃顿饭"了。没想到，当他跟李铜钟久违、久违的时候，李铜钟的"借条"就这样跑到了他的面前。他头脑里空空洞洞，记忆的仓库里，只有李铜钟给他写的那封"告急"信同这个"借条"之间似乎存在着联系，但杨文秀昨天来县委报喜时还特意向他汇报，李家寨的缺粮问题已经妥善而及时地解决了。他还退回了县里从机动粮中拨给十里铺公社的统销粮指标，表示要发扬共产主义风格，支援困难社、队。

"他们就这样无法无天？"田振山摇着"借条"，望着县粮食局长。

"反正，仓库是空了。"

"朱老庆是什么人？平时表现怎么样？"

"残疾军人，一条胳膊扔在朝鲜了，管了六年仓库，平时表现……咋说好哩……就这么说吧，比有两条胳膊的还干得好些。"

"啊……"

朱老庆被带到县委书记的面前。"穿军装的庄稼人"，田振山概括了他对这个胁从犯的第一个印象。胁从犯正局促不安地望着他，立正，用左手行了一个军礼。

田振山让他坐下，摇着"借条"问道："这是你和李铜钟干的？"

"人是铁，饭是钢，首长……"朱老庆规规矩矩地立正站着，"李家寨断粮七天了，那不假，首长，断粮七天了。"

"断粮七天？这可能吗？"

"李铜钟不会哄人，首长，你要说：二班长李铜钟同志，你去把二五〇高地拿下来，控制制高点。他就说：是。你要说：二班长李铜钟同志，你说一句瞎话叫我听听。他就说：报告首长，俺爹还没教过我。"

田振山挑剔而又赞赏地望着这个胁从犯，再次让他坐下，问道："这么说，你和李铜钟是老关系喽？"

"老关系，老关系。"朱老庆连声回答，"俺两个一块儿打仗，一块儿挂彩，一块儿回国，又一块儿写了这个条子，首长。"

"你是粮站主任，你懂不懂这是犯法行为？"

"懂，我懂，首长，可人是铁，饭是钢……"朱老庆还想讲一些更深奥的哲理性的东西，但终于没能找到。

县委书记站了起来，不无痛苦地说："一个支部书记，一个粮站主任，竟然……"他选择了一个分量较轻的提法，"竟然擅自动用国家粮食仓库，数量之多也是很惊人的，一个大案件哩！检察院说，这要依法逮捕哩！"

"是哩，是哩，首长。"朱老庆笔直地站起来，连连点头，表示完全赞同。当他被带走的时候，还没有忘记立正，用左手行一个军礼。

十五　李铜钟的供词

根据县委指示，县法院决定当天夜间对哄抢国家粮食仓库首犯李铜钟进行第一次审讯。由于县委书记要参加这次审讯，这就格外增添了这一案件的严重性和神秘色彩。

审讯室里增加了一排椅子。田振山和法院院长、审判长、审判员都已就座。县、社两级干部会上的主角杨文秀，也中断了他那个"大抓代食品试点经验"的总结性发言，来这里旁听这次审讯了。这个突然发生的案件，完全破坏了这个胜利者正向人们叙说胜利的自我陶醉的心情，他坐在靠近墙角的一把椅子上，好像坐在锋利的耙齿上，陷于极度惊愕和恐惧之中。

"你是昨天下午和李铜钟见面的吗？"田振山继续着他和杨文秀的谈话。

"是的。他很善于伪装，对代食品，特别是对'一口酥'，表示很满意、很热心，丝毫没有看出他有犯罪的动机。"

"怪人，怪人！"田振山连连叹息着。

审讯就要开始了。犯人是从李家寨被直接带到这里来的。虽然押送他的刑警很怜惜他那条假腿，路过公社时特意找了一台拖拉机让他坐上，但他来到县法院时，还是精疲力竭了。在他出现在审讯室之前，那长长的水泥走廊里，传来了沉重而缓慢的脚步声："砰——嗵，砰——嗵……"

审讯室的门忽然打开了。高大、憔悴、脸颊上长满黑胡楂子的犯人出现在审判者的面前。他用肩膀抵住门框，喘了口气，疲惫的目光向审讯室巡视一周，落在一把孤零零地放在审判席前的椅子上。他认出那是自己的位置，吃力地走过去，在离椅子还有两步远的时候，就把手伸过去，扶住了椅背，然后把假腿拉过去，调整好搞乱了的脚步，挺了挺身子，准备就座了。就在这时，他看见了县委书记田振山，他怔住了，"田政委？"他用土改时的称呼小声呢喃着，眼睛里闪耀着惊讶、喜悦的光芒，蓦地伸出那双铐在一起的大手，呼唤着："田政委，救救农民吧！"接着，"砰嗵"一声巨响，他那高大然而瘦削的身躯栽倒在审判席前。

审判者们都被这意外的事件惊呆了。随着一阵桌子和椅子的扭动声，审判者奔向被审判者，内心的剧烈的悸动使田振山把犯人抱在怀里，大声叫喊着："铜钟，铜钟……"

李铜钟睁开了布满血丝的眼睛，干裂的嘴唇翕动着："政委，快去……卧龙坡车站……快，快……"像是完成了一件神圣的使命，李铜钟恬静地入睡了。

寒风扑打着审讯室的窗口，鹅毛大雪在无声地飘落着。

十六　卧龙坡车站

卧龙坡发生了什么事情？正在研究"食物化学"的县、社干部竟无一人说得清楚。县委决定暂时停止对这一新兴科学的探讨。田振山带领大家，乘车向卧龙坡驰去。

在那个只有两间候车室的小站门口，田振山首先跳下了汽车。他望见，在灯光暗淡的候车室里，在没有烟火的饭棚、茶棚里，在寒风嘶啸的露天站台上，在积雪盈尺的铁道两旁，挤满了等着扒车的逃荒社员。他们有的裹着被子，有的蒙着被单，如同被严寒凝结在那里似的，一动不动地蜷伏着，只有灯光和身上的积雪勾勒出他们的轮廓。

田振山在一座饭棚外停下脚步，问道："老乡，你们是往哪儿去的？"

人们沉默着，在心里思忖，往哪儿去？谁知道哩！哪儿有粮食上哪儿，扒上火车再说。

田振山又走到候车室门口，问道："老乡，你们是哪个公社的？"

人群沉默着，又在心里数落，逃荒要饭，还打啥公社旗号？老丢人，老丢人！

田振山站在车站门口的灯光下，大声说："社员同志们，醒醒，我们是县、社干部，来这里看望大家……"

沉默的人群开始活动了。在一座小饭棚门旁，刘石头坐在一个倒扣着的箩筐上，从被子里伸出了脑袋。他认出站在车站门口的是县委书记田振山，又连忙缩回脖子，重新裹紧了被子，但是，不知是谁把被子掀开一道缝，小声问："你是刘石头？"刘石头露出一只眼，朝外边打量着，立即吃了一惊，原来是杨文秀。抓着被角的手不由自主地松开了，被子滑落在地上，毫无掩盖地把他暴露出来。他慌忙站起来说："是我，杨书记，是我。"杨文秀紧张而恼怒地瞪他一眼，忽然把他按在箩筐上，又抓起被子，连头带身子把他蒙上了。"娘啊，他想咋样处置我哩？"刘石头蒙着被子，一动也不敢动地坐着，心里"咚咚"地敲鼓。他听见"嚓嚓"的脚步声向他走来，神经就越发紧张了。

"这是谁？"是田振山的声音。

杨文秀干咳着，说："不认识。"

但是，就在杨文秀说话的同时，刘石头就像安了弹簧一样，"噌"地站起来，如同一个会活动的粮食布袋，直立在田振山的面前了。紧裹着的被子里发出了胆怯的声音："俺是刘石头。"

"哦？"田振山问杨文秀，"刘石头？是柳树拐那个刘石头？"

没等杨文秀开口，刘石头就连声回答："是我，是我。"由于县委书记也竟然知道了他的尊姓大名和仙山台甫，他很感到紧张和荣幸，从被子里伸出脑袋说："田书记，不是俺给咱县抹黑，实因为口粮紧缺些儿，出去几口人，叫留在家的多吃一把米，要都守住家，好比两人盖一床小被子，顾这头顾不住那头。反正，到麦口俺都回来，不误三夏大忙。"

田振山已经觉察到一个使他痛心的问题，但他还要证实一下："刘石头同志，你们搞代食品不是很有成绩吗？"

"我检讨，田书记。"刘石头以为田书记掌握了代食品的真情，惊慌地说，"我刘石头活了四十岁，只说过这一回瞎话，我也知道，瞎话哄不住肚皮，可就怕搞不成代食品，又犯那右倾的错误。"

田振山痛苦地沉默着，县、社干部们都在痛苦地沉默着。就在今天下午的大会上，他们还算了一笔细账，得出了一个鼓舞人心的数字：全县的红薯秧加玉米皮等于三千万斤粮食！

远方传来火车的吼叫声。田振山感到大地在震颤着，两年多来他赖以做出种种决定的基础在震颤着。那些精确程度达到小数点以下三位数的增产数字，那些几乎是天天送上门来的喜报和震耳欲聋的锣鼓声，那些总是用"九个指头与一个指头"来比喻成绩和缺点的情况汇报，都在这个挤满逃荒社员的小车站上受到无情的检验，像肥皂泡一样破灭了。

田振山取下挂在刘石头胸前的小广播筒，站到那个倒扣着的箩筐上，喊道："社员同志们，我是县委书记田振山……怪我没有领导好，怪我脱离了你们，叫你们一担两筐、顶风冒雪，走上这逃荒路……"田振山的声音沙哑了。他从箩筐上跳下来，从一个花白胡子老汉身边掂起一个要饭篮，举在手里："现在，我请大家回去，这个要饭篮我要掂回去，把它挂在县委大院里，叫我们好好看看，好好想想，该怎样度过春荒，该怎样叫种粮食的吃上粮食。"

被严寒和饥饿凝结了的人群已经活动起来，嘈杂然而充满希望的低语声使车站热闹起来了。那个花白胡子老汉正拄着棍，从雪地里站起来，老泪纵横地自语着："中，俺回去，回去……"

这时候，杨文秀正蹲在饭棚后边的雪地上。烟卷的火光，映出了一张不住痉挛着、被绝望和恐惧笼罩着的脸。这个人在想：碰上李铜钟那个愣头青，再加上刘石头这个砸锅货，两年的心血算是白费了……

十七　在危急病号室

在县卫生院的危急病号室里，李铜钟安静地躺着，已经三天了。

按照县委指示，县卫生院正在全力抢救李铜钟的生命。由于不再担心一个昏死的犯人行为不端，那个冰冷坚硬的物件也从他手腕上取了下来。但所有这些，都是在"因病保释"的名义下进行的。从法律上看，李铜钟仍然是一个套着锁链的犯人。

李铜钟啊，你知道这三天中间发生了什么事情吗？全县二十几个粮食仓库一齐打开了，由于大雪封山而没有调走的粮食，已经分配到饥寒的山村。炊烟升起了，春天回来了。但是，谁能料到呢？田振山已经在今天下午被撤销了职务，就要到地委接受审查和批判了。一个紧急通报上写着他的罪名："违反党纪国法，擅自提高本县统销粮指标，盗用粮食库存，破坏统购统销。"田振山感到那样忧伤和歉疚，却不是因为这个通报，而是因为他已没有能力来改变李铜钟、朱老庆的命运了。

去地委以前，田振山来到县卫生院，向李铜钟告别。当他来到病床前的时候，李铜钟睡得正香，不知是沉浸在一个什么样的梦境中，他的浓黑的眉毛紧皱着，嘴角却挂着一丝不易觉察的微笑。田振山握着一只冰冷然而结实的大手，小声喊叫着："铜钟……"他顿住了，他能说些什么呢？

一位医生小声提醒他："病人昏迷不醒，他听不见。"

"不，大夫。"这是一个妇女的哽咽的声音。

田振山向病房角落里望去，望见翠英和一个男孩儿坐在一条长凳上。 他还能认出这是铜钟的妻子、土改时的秧歌队长。 男孩儿是陌生的，但他认识那一双深沉而固执的大眼睛。

"三天了，他在等你，叫你。"翠英抽泣着，"他不叫爹，不叫娘，叫你，田政委。 你就对他说两句，他，能听见，能！"

田振山的心猛烈地绞痛着，好久，好久，他才从巨大的悲痛里挣脱出来，对那个听不见声音的人说："铜钟，我叫你等得太久了。 可你再等等，再等等，党一定会纠正错误，你等等……"田振山忽然感觉到什么，摇着那只冰冷的手，喊叫起来："铜钟，铜钟……"

"铜钟，铜钟！"双喜、崔文和李家寨的社员们喊叫着，拥进了病房。

医生通知大家："病人的心脏已经停止跳动。"

卫生院长挤过来，把一份诊断书交给了田振山，上边写着："过度饥饿和劳累引起严重水肿和黄疸性肝炎。"

李铜钟就这样"走"了。 他"走"得如此匆忙，他是属大龙的，年仅三十一岁。

病房里，十家八姓的庄稼人都在恸哭。 用脑袋撞着床帮的，是老杠叔。 他又在悲恸而困惑地哭问苍天："老天爷呀，这是咋啦？ 咋啦……"

田振山久久地站在李铜钟的遗体前含泪默哀。 当他看见那个男孩儿抱着一条假腿，把眼泪滴在假腿上的时候，他悲痛地想着：我们这些两条腿的，不能把路走得更好些吗？

十八　记住吧，人们

吉普车在山区公路上疾驰，田振山的脑海里仍像潮水一样翻腾。

历史是滔滔东去的黄河，而黄河是浑浊的，它夹带着大量的泥沙，需要时间来澄清。 十九年够用吗？

田振山想起，就在李铜钟死后不久，大概是老杠叔说的——被大风吹断的电话线重新接通的时候，党中央发现了这场严重的饥荒，采取了有力的善后措施。 地委也终止了对田振山的审查，要他到一个国营农场当场长去了。 但在他的审查结论上写着："擅自提高本县统销粮指标，未经批准而动用国家粮食库存，这在组织上仍是一个错误。"田振山对此没有疑义。 使他感到痛苦的是：那时他听说，人们提出了李铜钟的平反问题，却由于涉及法律，人也做了"古人"，就被搁置下来了。 同案犯朱老庆虽已释放，但是无罪释放，还是胁从不问，法院未加说明。 大概是不宜再做仓库保管工作的缘故，有人看见他晃荡着那只空袖筒，叼着一拃长的玉石嘴旱烟袋，忙着为县粮食局的干部经办伙食。至于杨文秀，听说害了精神分裂症，被送到鸡冠山疗养所疗养去了。田振山给他寄过一本书——《怎样做一个好的共产党员》，表示与他共勉，但一直没有收到回信，这是使他感到遗憾的。

现在，李铜钟、朱老庆终于平反了。田振山是否稍许感到一些宽慰呢？他再三琢磨着平反结论上这样的措辞："虽然李铜钟、朱老庆二同志所采取的方法不利于法制的加强，但是……"但是，但是！田振山激动地想，还需要制定那样的法律，对于那些吹牛者、迫使他人吹牛者，那些搞高指标、高征购以及用其他手段侵犯农民利益而屡教不改者，也应酌情予以法律制裁。是的，他辛酸地想，需要这样的法律！

吉普车吼叫着、颠簸着，爬上了走风口。李家寨——那样亲切、又那样陌生的李家寨，就在山洼里静静地躺着。小河一样的人流，正从四面八方向西山坡下汇聚。平反大会就要在那儿举行。田振山的目光落在西山坡一座坟谷堆上、一座被挺拔的苍松翠柏掩映着的坟谷堆上。当他看到庄稼人的供飨和洁白的花圈摆在一起的时候，他的眼睛湿润了。

"记住这历史的一课吧！"田振山在心底呼喊，"战胜敌人需要付出血的代价，战胜自己的谬误也往往需要付出血的代价。 活着的人们啊,争取用较少的代价,换取较多的智慧吧!"

1979 年 4 月初稿,8 月修改

一 村巷深处的目光

在饮马桥镇的"小满"会上，一个女人哀怨而又满含期待的目光，如同天边飞来的闪电，在张铁匠的心中激起了轰隆隆的雷鸣。

刚才，在十字路口的一棵小槐树下，赶会的山民们以挤掉帽子、踩掉鞋子的盛况，把多年不见而重新上市的"张家镰"抢购一空。人们包围着张铁匠，如同温习着一个古老的神话似的，向他打听着与"张家镰"有关的种种故事。请问铁匠哥，你是"飞镰张"老张铁匠的嫡亲后辈吗？你用的铁砧子还是道光元年的那个祖传古物吗？听说"张家镰"磨剩下一指宽还能当刮脸刀用，可是真的吗？还有一说，"张家镰"得蘸上盐水淬火，这"咸镰"上头有啥科学性儿呢？等等等等。

如同外交大臣答记者问似的，张铁匠那比别人高出半个脑袋的魁梧身躯，不时地转向每一个发问者，古铜色的四方脸庞上露出庄重的微笑，或颔首认可，或笑着辟谣，或婉言解释，或郑重说明。只是在一位老汉提出张家铁匠炉会不会再次熄火，今天卖这"张家镰"上为啥没砸上"飞镰张记"的铁戳子时，张铁匠才微皱了一下漆黑的浓眉，用手指挠了挠稠密的剃得短短的头发，表现了短暂的踌躇。"走着说着吧！"他的大眼睛扑闪了两下，"只要那'五匠①归行'的政策不是虚言，俺还能为乡亲们打半辈子铁货，铁戳子现成。"总之，表现了一种审慎的乐观，而且包含着密切注视事态发展的意思。

就在这时候，对面村巷里，一个女人的目光一闪，恰同张铁匠的目光相遇，如同云层之中的阴电和阳电发生了撞击，张铁匠的心底，响起了隆隆的雷鸣。他呆了半晌，对于一个小伙儿提出的"盐水蘸火是否氯化钠有利于增强铁质"的学术性探讨，以及一位老汉提出的定制两张鹅脖大板锄的要求，好像完全没有听见，推起胶轱辘小车，在人们愕然的目光下挤出人群，向镇子外边走去了。

张铁匠神情恍惚地推车走着，他忘了在出售他的第一批产品之后本应去油馍锅跟前犒劳一下自己；忘了去供销社买一条帆布围裙，打铁时叫火星子把衣裳烧得大窟窿小眼睛的，有谁给他补补连连呢？还忘了买一盏小马灯，那将把一个刚刚搭起的铁匠棚连同一个光棍铁匠的孤独的心照得亮亮堂堂！

然而，这目光，这女人的哀怨而又满含期待的目光，把

---

① 铁匠、木匠、编匠、烧窑匠、泥水匠，简称"五匠"。

张铁匠的心境整个儿地搅乱了。

"腊月！"他在心底呼唤着那个在二十二年前跟他离了婚的女人。每当他想起这个女人，都会引起他整个身心的震颤。你这个曾经是那样姣好妩媚却又变得那样绝情堕落的女人，你这个被张铁匠疼过、爱过，使他朝思暮想而又恨得他心里淌血的女人啊！

二　胜利者的初恋

那是一双在弯弯细眉下眼梢上挑的杏子眼。公元 1955 年春天，在几个初级农业社联办的水库工地上，正是这双杏眼忽闪了几下，二十岁的小铁匠张银锁便晕晕乎乎地做了爱情的俘虏。谁能料到，名扬全区的"小车王"王木匠上过完小的娇闺女，竟会把她的十八岁少女的炽烈的情爱，献给一个使她老爹在水库工地上威名扫地的小铁匠呢？

本来，王木匠制作的小车，是饮马桥镇每一个庄稼汉的心爱之物。车轴和车轱辘都是经过严格挑选的枣木或柿木做的。推起车来，那高亢、热闹的"吱吱咛咛"的响声，可以传到数里以外。那是王木匠献给每一个寂寞而劳累的推车汉的欢快、昂扬的音乐，是推车汉的心灵的呐喊，是漫长而坎坷的人生旅途上的慰藉和号角。但是，当王木匠把他精心制作的十多辆小车送到水库工地以后，突然在一夜之间，全部变成了哑巴。其祸根，就在于这个不知天高地厚的小铁匠。

他竟然毫不客气地给全部小车换上了带滚珠的铁车轴和胶轱辘，使得诸葛亮发明了木牛流马以来而又由王木匠的祖先从乾隆年间继承下来的传统设计，遭到了一个毛头小伙儿的彻底破坏。

"你小子管得老宽哪！"六十八岁的王木匠站在水库工地上，气得胡子翘上了天，嗓子里像猫一样直打呼噜。

"木匠叔，"小铁匠惬意地笑着，从嘴里吐出了两个新词儿，"咱这搞技术活儿的，也得撵上形势！"

"撵你娘那脚！"老木匠被小铁匠满脸的得意神色激怒了，"你们老君手下的人，少管俺鲁班行里的事！"

小铁匠却唱着那时节人们常唱的流行歌曲："嗨啦啦啦啦，嗨啦啦啦……"像一个剽悍、欢实的马驹儿，尥着蹶儿，钻到铁匠棚里去了。

王木匠由于他所创造的一份音乐遗产的毁灭而感到深沉的痛苦。他在想，工地上的推车汉们都在忍受着这种痛苦的煎熬，就要朝着那个可恼的小铁匠鸣鼓而攻之了。他紧张地观察着，焦灼地期待着，而事态的发展却远远地离开了他的预计。他发现，那哑巴小车确乎比会唱的小车轻便利索，多装东西，为了保持车身的平衡而紧张地扭动臀部的动作也得到了大大的简化。为此，不仅推车汉们好像并没有感到缺乏音乐的悲哀，连那些年轻闺女，包括他的娇闺女腊月，也都疯张着，斗胆推起哑巴小车来了。他忽然感到，世界变得空旷而寂寞，再也没有什么声音能够填补心灵的空虚了。他本想拄着拐棍，去找小铁匠进行一次痛苦的讨伐，问他一个僭行越轨之罪，却听说小铁匠是已经下世的"飞镰张"老张铁匠的"匠门之子"，不由得肃然起敬，只好拄着拐棍，踉踉跄跄地回到家里，哆哆嗦嗦地歪在床上，从此卧病不起了。

这天晚上——是的，往往是在一个有着皎洁的或是朦胧的月光，而且常常散发着花儿的馨香的晚上，正当小铁匠掩住炉火、准备歇息的时候，铁匠棚外传来一声清脆的呼唤：

"哎，张庄的！"

这个以地名代替人名的称呼，使小铁匠感到恼火。他向铁匠棚外瞥了一眼，只见一个披着肩垫的苗条女子，站在一棵小桃树下，落了满身的花瓣儿，正在挑衅地打量着他。

哪儿来的野闺女？小铁匠寻思着，没好气地说："你找俺张庄的有啥事儿？"

"你把俺爹气病啦！你知道不知道？"

小铁匠一愣："谁是你爹？"

"那个老保守！"闺女说着，"哧哧"地笑了。

"哪个老保守？"

"装糊涂！你动了谁的心肝宝贝车啦？"

小铁匠急忙走出铁匠棚，胆怯地问："俺给他气出了啥毛病？"

闺女说："他躺在床上直哼哼，一会儿说腰酸，一会儿说背疼，一会儿骂那个小铁匠……"闺女说着，不时地掩着嘴笑。

"骂俺啥？"

"骂你是个乱炝蹶儿、瞎踢腾的小兔崽子！"

"呔！"小铁匠感到事态的严重，"俺这木匠叔恁大气性！"

闺女娇嗔地说："都怪你给俺惹事儿！俺上工推土打夯，下工还得给俺爹捶腰捶背，比打夯还累！"

"那叫俺咋办？"小铁匠感到十二分的不安。

"咋办？"闺女说，"俺得罚你陪俺……"

"咦！"小铁匠愕然说，"人又不是物件儿，叫俺咋赔？"

"呸！"闺女嗔怪地啐了一口，"你的耳朵咋长的？俺不是叫你赔俺，俺是叫你陪俺，咦咦！……"她为两个同音字造成的误会连连扭动着腰肢，"俺是说，叫你跟俺去俺家替俺捶捶俺爹他那腰。"

她把这句绕口令一般的土汉语说得那样清脆而流畅，她那飞动的目光和命令的口吻又是那样使人难于抗拒。小铁匠如同接受了一个无比神圣的使命，当即从铁匠棚上取下小马灯，说："中，俺这就跟你去你家替你捶捶你爹他那腰。"

闺女又忍不住"哧哧"笑了。

小铁匠说："你爹气病了你还笑？"

闺女又回头一笑，向小铁匠瞟了一眼："笑你老厉害，把俺爹给降住了。"

在这块产生过"巧笑倩兮，美目盼兮"这种使孔老夫子也曾为之心动的美妙诗句的土地上，这种目光和笑意再次显示了巨大的魅力，使得小铁匠萌动了一种从未体验过的异样的感情，踏在桃园草径上的脚步不由得错乱起来，小马灯也在慌乱地摇曳，映照着一个身上落满花瓣儿的窈窕女子扑朔迷离的身影。从此，小铁匠带着甜蜜的晕乎和幸福的傻劲儿，一趟趟地钻进桃树林，往王木匠家里跑着。是否为王木匠捶腰已无从查考，可以确定无疑的是，次年春天，王木匠的娇女王腊月，已经成为张铁匠的娇妻王腊月了。当从张庄嫁到饮马桥镇的香兰嫂出面保媒的时候，王木匠不无感伤地接受了这宗亲事，他目光直直地望着屋顶说："叫他们自由去，俺得瞧瞧，俺这个女婿啥时候能在他那铁匠棚里给俺造一架飞机！"

三　相遇在坎坷的山路上

推着胶轱辘小车，穿过金黄的麦浪和碧波荡漾的玉米地，张铁匠迈动着沉重的脚步。六月初火盆一般的太阳，已经隐在卧牛岭的西边，火红的晚霞映出了卧牛岭的黑魆魆的阴影。张铁匠和他的小车投入了山的阴影里，他的心也被蒙上了昏暗和阴郁。前边就是桃树林，那里有过腊月的目光的流动和一个小铁匠的爱情的萌发。那是一个美丽的幻梦和遥远的童话，眼下都已蒙上幽暗的山影而失去了昔日的光华。

他目不斜视地在桃树林旁边加快脚步，把小车推上了弯曲的山路。 山那面，有着明亮的晚霞，将使他忘却记忆的痛苦，使他能够在玫瑰色的云霞之下，走完一个铁匠的坎坷的路。 然而在这时，桃树林里传来了一个女人的怯生生的呼唤：

"张庄的，你等等！"

张铁匠心里打了个哆嗦，不由得站住了。 他听得出来，这是那个刚才给他送来一瞥哀怨的目光、曾经做过他的妻子的女人在叫他。 但他不会忘记，这个女人曾经怎样狠心地抛弃了他，而像一只不知羞耻的草鸡似的，护着那个把她从他身边夺走的邪恶的男人。 不要脸的女人啊！ 要不是你那位歪鼻子郎官儿操纵一派人马，害死了公社的好书记，如今被抓进了监狱；要不是你怕当"帮派娘子"才跟他离了婚，你会想起俺这个"张庄的"吗？ 张铁匠恼怒地推起小车，头也不回地向山上走去了。

"等等俺，铁匠哥！"那女人哀伤地叫着。

"铁匠哥"，这个在关系上保持着一定距离而又掩饰不住热烈期求的称呼，再一次使张铁匠为之心动了。 但他随即就把感情的波澜禁锢在铁的堤坝里，制止了回头看她一眼的冲动，继续向山上走去了。

他身后，传来了衣衫的窸窣声和急促的喘息声。 一个穿着月白布衫的女人快步赶上来，挡住了他的去路。 "铁匠哥，你的心当真是铁打的啊！"她坐在湿漉漉的山路上，凄伤地哭起来了。

映着余晖，张铁匠望着这个消瘦而白净的女人。她的杏眼里已经不再流动着明澈的秋水，而是迷蒙着雾一般的浑浊的眼泪；微微上挑的眼角上已经伸出了细细的鸡爪纹；曾经像初绽的花瓣儿似的、常常泛出桃红色的眼睑也已开始松垂。然而，她仍是腊月，好像昨天还曾见过面的腊月，虽然她已经四十三岁。

腊月停止了哭泣，吃力地站起来，用手绢拭去满脸泪水。"你就留留步，听俺说两句，说说那年王家堡……"她的嗓子又哽住了。

可你有什么好说的呢？你要为你的不仁不义进行洗雪吗？你要问摔碎多年的桶板还能箍起来吗？你要问张家的铁匠炉又生火开张了吗？可在我最倒霉的时候，在我最需要亲人的时候，在我像一个落水的人需要你拉扯一把的时候，你到哪儿去了？在你有可能离开那个歹毒男人而跟着我走的时候，你为啥骂我、糟蹋我，叫我像狗一样滚开呢？你个水性杨花的女人，你个无情无义的女人啊！张铁匠心胸里正在升腾着炽烈的怒火，但他又唯恐听到腊月的诉说，唯恐一个女人的伴和着泪水的花言巧语，会使怒火熄灭，使他丧失理智，而一个女人的带钩的目光，是可以随时把一个光棍铁匠的灵魂钩去的。于是，他的目光从腊月头顶直射过去，沉声说："大嫂，我不认识你！"

"啥？"腊月骇然而绝望地睁圆了眼睛，猛地把额前的发绺甩到脑后，指着额角上一个月牙形的伤疤，叫着，"可你，总该认识它吧？"

张铁匠呆住了。他望着那个粉红色的伤疤，那是一个时常折磨着他，使他负疚终生的伤疤啊！

"是你给俺留下的，是你！"腊月痛苦地喊叫着，"你在俺心上留下的还不算，张庄的！"

"可俺赎了俺的罪。"张铁匠一字一顿地说着，毅然架起了小车，目光照旧从腊月头顶直射过去，"我跟你，两清啦！"

腊月浑身战栗了一下，眼睛里顿时失去了灼人的光芒。她木然地垂下头，让开去路，凄然说："你走吧，你的儿子在等你。"

儿子？这是什么意思？张铁匠来不及细想，就推起小车走了，头也不回地走了。他身后，留下了一个女人的低泣。

四　露水河在轻声诉说

俺跟他，两清了吗？

在夕阳的照耀下，腊月孤独地向饮马桥走着，来到了露水河边。听着河水的低吟，望着火红的晚霞和岸边绿柳在清澈河水里不时晃动的倒影，泪水再次蒙住了她的眼睛。

她记得，那是一个夜雾弥漫的夜晚，当她和新婚的丈夫给爹爹拜寿回来时，露水河也是这样低吟着、缓缓地流淌着。当她挽起裤脚，就要在河面宽阔的浅水处蹚水过河时，她的小铁匠却蹲到了她的面前。

"俺背你过河吧。"

腊月顺从地用手钩着小铁匠的脖子，把身子贴在他宽阔的脊背上，但她又蓦地松开了。

"不哩，俺怕人看见！"

"没人，只有月奶奶。"

一轮银月已经升起，把它的柔和的清辉，洒在一对小夫妻的身上。水声"哗哗"地响着。小铁匠背着妻子蹚水过河了，腊月的腿却在小铁匠身后踢蹬起来。

"咋啦？"

"俺怕水鬼！"腊月忍住笑说。

小铁匠便背紧了腊月，站在没膝深的河水里，大声呵斥起来："我说水鬼，你要敢吓俺腊月，我就用火钳把你夹到铁砧子上，不捶你一百下不算拉倒，你等着！"

腊月"咔咔"笑着，钩着小铁匠的脖子，身子打了个转悠，悠到小铁匠的怀里。小铁匠紧紧抱着她，好像生怕水鬼把她夺去似的。

"银锁，"腊月撒娇说，"俺想在河里洗个澡。"

"咦，不怕人家说你疯张？"

"咋？兴你们男人下河洗澡，就不兴俺女人下河？封建脑袋！"

"中，咱就学学那大喇叭里唱的，"小铁匠没头没尾地小声唱起来，"砸开了封建的老铁门哪嗯哎哟！"

他沿着河岸，把腊月抱到水深林密的小河湾上，跟腊月商量："咱俩一块儿洗吧，我给你看着水鬼。"

"孬货！"腊月推开她的小铁匠说，"你去河湾那边洗，给俺站好岗。"

小铁匠摇着头，很不情愿地向河湾那边走去了。

在夜色和垂柳的掩映下，腊月跳到清澈的河水里，像一个活泼的妮儿，欢畅地朝身上撩着水花，心里漾起了幸福的涟漪。 这个乡下媳妇不懂得什么是人体的曲线，不懂得下肢应长于上肢十个厘米的恰到好处的人体比例，但她映着明月的清辉，突然发现自己是那样匀称、洁净而秀美，同这清流、绿树和水银般的月色和谐地融为一体了。 她感到生活是那样的美好，眼眶里涌出了快乐的泪水。 她对月亮说："月奶奶，你莫笑俺疯张，俺又解放了一回！"

当腊月披着解开了辫子的长长的秀发，轻盈地登上河岸的时候，她的挂在柳树枝上的衣裳却不见了，这使她又羞又急。 但她发现，她的小铁匠正躲在树后边，小声笑着，凝视着她。 "不老实！"她娇羞地嗔怪着，向小铁匠身边奔去了。

九个月后，腊月生下了一个男娃。 当男娃呱呱坠地的时候，小铁匠感到自己已经变成了大铁匠。 他露出当爹的尊严，用挑剔的目光审视着儿子，如同检验他的一件最新的产品，点着头说："能行，长大准是个好铁匠！"

小两口给儿子起了名字，大号铁拴，小名拴娃。

做了父亲的张铁匠，从此具有了十足的男子汉的气概。他那五尺五寸五的身个儿已经变得更加墩壮而魁伟。他有着把一对铁车轱辘单手举过头顶的超人的膂力，挓挲开五个指头可以夹起来四块砖头。他那两道伸向鬓角的剑眉更加浓密而油黑，一双环眼开始变得含蓄而深沉。方正的脸庞，端直的鼻梁，紧抿着的薄薄的嘴唇，有力的、棱角分明的下颌，如同一个雕塑家经过二十多年的精心雕琢而终于完成了的一尊可以使他死而无憾的雕像。

他的打铁技艺也已更趋完美而纯熟。在高级社副业股的铁匠棚里，他虽然还没来得及给老丈人造一架飞机，却已集众匠之所长，创制了一种鹅脖大板锄，使得乡亲们锄地时弯腰的程度大约减少了三十度；锄板上还增添了一道脊梁骨，锄地不壅土，使得"飞镰张"的产品和铁匠工艺学得到了新的丰富和发展。为此，在拴娃两岁那年，当饮马桥区变成了饮马桥人民公社的时候，他受到公社的聘请，担任了公社农具厂铁工组组长。

当腊月扯着拴娃来到露水河边送走丈夫的时候，她为她受人敬重的拴娃他爹感到幸福和骄傲。虽然她的拴娃他爹一去两个月没回来，而她又是那样渴念着丈夫的炽烈而温存的情爱，但在那个"唱歌要唱跃进歌"的火红年代里，这个青年团员懂得让夫妻情爱服从于一个神圣的事业。她心中也充满了美好的向往，向往着她的年轻能干的丈夫，当真像爹说的那样，在某一个早上造出一架飞机，让大家连同她和小拴娃，"呜"地飞到共产主义去。

同是在这样一个晚霞似火的黄昏，同是在这条清澈的、缓缓低吟着的露水河边，拴娃在草地上蹦跳着逮着蚂蚱，腊月在河边洗着衣裳，眼睛却不时地向对岸瞭望。当她洗净最后一件衣裳，就要从河边离去的时候，终于从对岸柳树林里闪出一个高大的身影。

"那是银锁吧？"腊月高兴地喊叫着。

那人却不吭声，缓缓地蹚着河水，脚步沉重地登上岸来。腊月看清了，这是她的银锁，银锁肩上却斜挎着一个包袱。

"咋把铺盖也背回来啦？"腊月诧异地问。

银锁仍不答话，把包袱掷在草地上，枕着包袱躺下来，让跑到他身边的拴娃骑在他身上，嘴里噙着一棵青草，仰天思索着什么。

腊月来到他身边坐下，疑惑地问："遇到啥不遂心的事啦？"

银锁吐了草叶，望着天说："反正，我不能丢了张家的字号，我打那镰刀、锄板儿，还得叫它们姓张。"

腊月明白了。她温柔地劝说丈夫："那就给领导说说，还把咱那字号砸上，反正乡亲们用咱那铁货用顺手了，看见这字号就格外喜欢。"

"可有人说，这是跟人民公社唱反调！"银锁生气地坐了起来，"往后这百家姓说不定也得实行公社化，一律姓'公'！"

"谁说的？"

"咱哥。"

"咱哥？"

银锁挖苦说："就是我那位大舅子，你娘家那位好哥，公社农具厂厂长王木庆。"

"俺哥也当上厂长啦？"腊月好像听到了一个有趣的奇闻，前仰后合地笑起来，把眼泪都笑出来了。她擦着眼泪，忍住笑说："俺哥跟俺爹学做木匠活，把门板锯成小案板，把擀面杖做成大棒槌，给俺三爷做了一副棺材，不足五尺长，俺三爷看见棺材发了愁，问他：庆娃，我坐柜台坐了半辈子，我死了你也不叫我躺那儿抻抻腿儿？ 气得俺爹浑身打哆嗦，骂他是不成材料的歪脖子榆树！"说着，又忍不住捂住肚子笑起来："没想到，他如今咋会当上厂长啦！"

"他会放'卫星'，眼下可是那歪脖子榆树能成材料的时候。"银锁从草地上站起来，又挎上包袱，扯着拴娃说，"走哇，拴娃，咱回家放'卫星'去呀！"

腊月却抓住包袱说："银锁，是上级叫你回来的？"

银锁摇了摇头："就是用八抬大轿请我，我也不去啦！"

腊月叹口气，批评银锁说："上级抬举你，叫你去公社打铁，你就不该耍这打铁匠的犟脾气！ 那年你咋说咱爹的？

'咱这干技术活儿的，也得撵上形势！'你眼下也好好想想，是不是怪自己跟不上趟啦？"

腊月一番话，把银锁说愣了。

"可咱公社也该容得下百家姓，叫我打那铁货还姓张。"

"好好打你的铁去，不砸字号就不砸，也败不了咱张家的名誉！"

如同被春风吹拂着，银锁心头的愤懑一扫而光。但他又想起什么，拍着拴娃的小脑袋说："拴娃，你就叫你爹在家住一夜，我赶明儿就走，中不中？"说着，却用眼睛瞅着腊月。

"不中！"腊月也对拴娃说，"对你爹说，咱家不收留开小差的！"

银锁叹了口气，抱怨地瞥了腊月一眼，便顺从地转过身子，一声不响地向河对岸走去了。

腊月扯着拴娃站在河岸上，望着银锁的背影，听着他"哗哗"的蹚水声，心里一疼，又喊叫着："记住，学好！"

拴娃也学着娘的话，向爹喊叫："学好，学好！"

银锁却没有回话，对岸的柳林已经遮住了他那无声的背影。

二十多年过去了。露水河依旧在腊月眼前缓缓低吟，好像诉说着一个遥远的往事，低咏着一首深情的小诗，重温着一个一去不返的好梦。

五　电闪雷鸣的夜晚

　　腊月蹚过露水河，天色已经黑透了。在苍茫夜色里，她孤独地走着，如同把玫瑰色的晚霞连同玫瑰色的往事都留在露水河里，随水漂逝了，而留给自己的只有凄迷的夜色和无边的悲戚。

　　她记得，那是她让银锁回厂的一个月后，一个下着瓢泼大雨的黑沉沉的夜晚，天上扯起了蓝色的闪电，爆裂着轰隆隆的雷声，山风"咚"地吹开屋门，一个浑身泥水的汉子，如同一个从雨幕中走来的幽灵，出现在小屋门前。

　　"啊！"腊月发出了惊叫。

　　但她终于看清了，那是她的丈夫银锁，然而他已改变了模样，像一头疲惫的骆驼，弓着背，呆立着，布满血丝的眼睛木然地望着腊月，任凭屋檐上的雨水滴落在他麻木的脸上。

　　"进来呀，死鬼！"腊月惊恐地叫着。

　　银锁踉跄地迈步进屋，像失去重心似的歪坐在椅子上。

　　腊月慌乱地用毛巾擦着银锁脸上的泥水，催问着："你这是咋啦？"

　　"怪俺没长着兔……兔……兔子腿……撵不上今……今天这形……形势！"

他的舌头是僵硬的，而眼里放射着灼人的光。

"怪俺……长着个……榆……榆木脑袋……不会做……做那亏心活，坑……坑害乡亲；怪俺……不愿从俺……俺这一辈儿，毁……毁俺爹……俺爷的名……名誉！"

银锁那嘶哑的叫嚷，像是出自腊月从不相识的一个火暴汉子的口中，这使得她心惊肉跳，浑身战栗。在银锁的剧烈喘息中，腊月闻到了一股辛辣的气息，那是用红薯干酿制的烈性酒的气息，是这里的正派乡下人只在红白喜事时偶尔沾唇，而平时会引起非议和厌恶的气息啊！

"你喝酒啦？"腊月大声质问着。

"咋？"银锁眼睛里闪着凶光，"喝酒……不……不犯王……王法！"他挑衅地从裤兜里掏出一瓶"二锅头"，咬开瓶盖，扬脖喝了一大口酒，又嚷叫着，"我做这铁……铁货……就得用……块儿……块儿煤……就不能用……面儿……面儿煤。面儿煤不聚火，你懂……懂……懂不懂？"他的喷射着火光的眼睛，直直盯视着对面的空间，好像那儿站着一个跟他激烈较量的对手。"我做这铁……铁货，就得用刃儿……刃儿钢，不能用那杂……杂铁，我这张……张……张家镰，就得叫它姓……姓张！一天三晌……只打二十把……再多打……不够火……火候，你懂……懂……懂不懂？"

腊月听懂了。她开始理解了银锁的恼怒而不能原谅他的癫狂。当她再次看到银锁抓起酒瓶、嘴对瓶口的时候，就紧紧抓住酒瓶，用她从来没有用过的命令口气说："松开！ 死鬼，你不能再学坏！"

"啥？"银锁夺回酒瓶，像抵架抵红了眼的忙牛，狠狠瞪着腊月，用失去控制的双唇和舌头，发出愤怒而含混的叫骂："夏社长……瞎捣鼓……开大会批我……骂我……糟蹋我！ 你哥是个狗，是瞎捣鼓喂……喂的狗，他咬……咬我；你……你也骂我学……学坏？"他歪歪趔趔地站起来，盯着腊月，喊叫着："我是他娘的白……白旗，破……破裤衩子……懒……懒婆娘的裹……裹脚布……做的白……白旗。 你们都……都来拔……拔……拔吧！"他猛地举起酒瓶，"咚"地砸在腊月的额角上。 当腊月"啊"地发出惨叫声的时候，银锁也两眼一闭，脸朝下扑倒在地上。

拴娃的哭叫声使腊月清醒过来了。 她感到额角上火灼般的疼痛，而心里更疼痛。 她突然觉得，世上没有银锁了，没有那个热烈而温存、聪明而要强、朴实而欢畅的小铁匠了，只有一个癫狂的醉汉，一个被某种使她感到恐怖和迷惘的神秘力量所扭曲了嘴脸和心灵的酒鬼。 她忍受着额角和心头的剧烈的疼痛，急忙把拴娃抱在怀里，额角上冒出的鲜血，如同从她心里涌出，滴落在拴娃的小脸蛋上。

这时，那个不是银锁的银锁，嘴里咕哝着什么，翻了一个身，又摊开四肢，呼呼入睡了。 腊月忽然看见，他眉棱上碰出了一个伤口，鲜血正在他脸颊上无声地流淌，便顾不得为自己包扎伤口，顾不得大声啼哭的拴娃，忙着用蘸水的棉花拭去丈夫脸上的血迹，按照乡间传统的消毒方法，揉碎一把烟叶，按在丈夫的伤口上。这时她才想起自己，在煤油灯下照了照镜子，竟然把自己吓了一跳，她看见的是一个满脸血污、披头散发的女人。她害怕这会吓坏了儿子，急忙洗净脸上的血污，在伤口上按了一把烟末，勒上一条白布绷带。这白布绷带却像孝带似的使她产生了不祥的预感，她又急忙在绷带外边罩上了一条绿色的头巾。

她终于喘了口气，抱起了拴娃，坐在床沿上，凝视着那个狠狠打了她而又呼呼睡去的人。他睡得那样酣甜，鼻翼在均匀地张动，胸脯在无声地起伏，脸上又恢复了善良、安恬而又带着几分稚气的神情。腊月忽然感到，她又找到了她的银锁，像是找到了打不打上戳记都能分辨出来的张家铁货。这时，只有在这时，突然降临的惊悸和痛苦，才化为深沉的怜悯和悲伤。她紧紧地搂抱着重新睡去的拴娃，尽情地、不加抑止地哭泣起来。

她开始回忆刚刚发生的一切。一个贤惠媳妇的多情善感的心，已经使她感觉到丈夫可能经受了巨大的刺激和痛苦。她期待着丈夫的醒来，她将让他尽情倾吐自己的烦恼和忧伤，然后给他以温存的劝慰；如果是丈夫的过错，她也会给他换上一身干净衣裳，请满仓哥给他剃去毛蓬蓬的头发，使他恢复一个好铁匠的模样，然后把他送回公社农具厂，像一个好团员和好媳妇那样，向上级认个错儿，就说，都怪俺腊月，怪俺对拴娃他爹帮助不够！

　　而这时，屋门被"咚"地踢开了。 两个披着蓑衣的民兵持枪闯进门来，后边跟着她的从雨衣斗篷下露出一双老鼠眼睛的娘家哥。

　　"不用怕，妹子。"娘家哥叹口气说，"千不该，万不该，银锁不该打了咱夏副社长。 其实，也不过给银锁开了开会，说他几句……"

　　是的，那是一个由公社专抓社办工业的副社长夏谋亲自主持的批判大会，那时候叫作"拔白旗"大会。 由于夏谋要这位"匠门之子"为他赢得几面红旗的希望一再地化为泡影，张银锁当之无愧地变成了应该连根拔掉的"白旗"，而且是夏谋在批判发言中指出的那种"用摇头派的破裤衩子和小脚女人的裹脚布拼凑起来的臭白旗"。 张家铁货在原料和工艺上的传统要求，统统是刁难领导、对抗跃进的"条件论"；至于他刚进厂时坚持要在他打的铁货上、在"饮马桥公社农具厂出品"的钢印底下，再砸上"飞镰张记"的铁戳子，无疑是明目张胆地与人民公社分庭抗礼。 总而言之，统而言之，一言以蔽之——夏副社长总结说，张银锁这面白旗，是为他爹、他爷带到墓坑里去的资本主义竖起的招魂幡儿，其实质是对抗三面红旗的屁股帘儿和破尿布。 而且这位颇读过一些野史杂书的夏副社长，还从张银锁的后脑勺上，看到了与某朝某代某个宰相的完全相同的反骨，等等等等。

　　张银锁的大舅子王木庆，也以厂长兼兄长的身份，斥责张银锁对抗领导，反对跃进，表示要坚决打破私情，划清界限，建议撤销他铁工组组长的职务，叫他拉拉风箱、当当下手、管管厕所，重新做人。

闷声不响的张银锁，却猛地冲出人群，向他的铁匠炉大步奔去了。

"你干啥？"王木庆骇然问道。

"我把我开除回家！"

张银锁愤怒地回答着，把风箱从炉子上拆下来，放在他的胶轱辘小车上，接着，又去抱那个铁砧子。人们都惊愕地望着他，目光里显然透露出同情。

夏副社长为他的长篇批判发言所产生的出人意料的效果大动肝火："好，我现在就宣布开除你的厂籍！"

张银锁把铁砧子放在小车上，说："谢谢，可我还是个社员，还有个'社籍'，你总不能阻止我回队里打铁种地！"

夏副社长大步奔过来："可这生产资料都是公社所有，你敢拿走一件东西，我就开除你的'社籍'！"

"咋？夏大社长！"张银锁逼视着夏谋，"这风箱是俺爹十五年前用俺家那桐木板做的，它姓张。"他又把铁砧子抱起来，"这铁砧子是俺爷的爷在道光元年置下的，还砸着'张记'字号，它也姓张。"他又把铁砧子"咚"地撂到小车上，"俺这打铁的物件儿，不是地主的家产，你没收不了！"他又把地铺上的铺盖卷儿扔到小车上，便推起小车，扬长去了。

夏谋已抢先堵住大门，一把揪住张银锁的衣领，大声喊叫："他破坏生产，反攻倒算，把他抓起来，抓起来！"

王木庆推着两个小铁匠，急急跑了过来。张银锁勾下头看看夏谋的手，沉声说："松开我！"

夏谋却紧紧揪着他，又推着、搡着、喊叫着："拿绳，拿绳！"

张银锁眼睛里火光一闪，大声说："松开我！"

但是，一条麻绳已经从他背后套在他的肩上。

张银锁松开车把，又大嗓说："松开我！"

夏谋揪着他，继续喊叫："背绑着，背绑着！"

张银锁一晃膀子，挣脱了绳套，用左手紧紧抓住了夏谋的手腕。

"来人哪！来人……"夏谋大声喊叫起来。

没等夏谋再喊出声来，一个蒜臼般的拳头已经打在他的鼻梁骨上。当他仰天倒下去的时候，张银锁闯出大门，隐进黑沉沉的夜幕中。

"妹子，银锁好拳头！"娘家哥不无揶揄地说，"夏社长鼻孔蹿血，鼻梁骨折，躺倒半晌没能醒过来，往后，他那倒霉的鼻子还不知能不能正过来！"

张银锁受到惊动，混混沌沌地醒来了。他眨眨眼睛，望望持枪的民兵，终于想起他已经犯下不可挽回的过失，便镇静地站起来，歉疚地望着正在瑟瑟发抖的腊月，又望望躲在腊月怀里惊恐地眨着眼睛的小拴娃，懊悔地说："腊月，我不该打人，该我去低头认罪，可我长恁大，连一只蚂蚁也没有捏死过……"

"妹子，莫怪你哥绝情。"娘家哥绷着脸说，"夏社长专抓社办工业，是我顶头上司，我就是把银锁送去，也说不定有人说我是他的后台，说不定我也得回家，跟咱爹学木匠活去。"

在腊月的娘家哥的押送下，银锁顺从地跟着民兵走了。走到门外，他又停下脚步，回头望着腊月的额角，望着腊月惊呆了的盈满泪水的眼睛："腊月，俺要是失手打了你，俺也替你记住这笔债，俺会恨俺一辈子，真的，腊月！"

雷声轰隆隆地响了，银锁又回头大声嘱咐："农具厂还放着咱那铁砧子，记住，腊月！"

银锁的身影消失在霹雳闪电之中。

漆黑的小院里，传出了腊月和拴娃的啼哭声。

六　长满蒿草的小院

三年后一个秋天的夜晚，一个头发蓬松的汉子，迈着疲惫的脚步，走进了张家小院。小院里长满了齐腰深的蒿草，传来了蛐蛐儿此起彼伏的叫声。屋子里暗无灯影，土坯封严了窗口和屋门。那汉子坐在布满青苔的捶布石上，满天星星映出了他那目光呆滞的眼睛。

"谁呀？"

"银锁。"

是的，这是张银锁，刚刚服刑期满的张银锁。

"是银锁？"邻居王满仓慌忙从雨水冲塌的院墙豁口上跳过来，一把攥住银锁的手，说，"你总算回来啦，可腊月……"

"知道了，满仓哥。"

银锁唯恐满仓说下去，因为那将触动他心里的一个流血的伤口。当他在劳改队的时候，曾接到法院判决腊月和他离婚的通知，使他一下子老了十岁。

"全怪腊月他哥不仁义！"满仓说，"他说他捧着公家饭碗，要是腊月不跟你离婚，他日子难混，是他办的离婚证。"

"啊！"银锁已经原谅了腊月，可他心里升起一阵剧烈的疼痛。

满仓帮银锁拿开了封门的土坯，又从腰带上取下他保管了两年的钥匙，郑重地交给银锁，说："开开门，从头过！"

银锁打开了生锈的铁锁，推开了沉重的屋门。屋门的"吱呀"声，门环的"叮当"声，都唤起了他对旧时生活的温暖而又凄凉的回忆。他手指哆嗦着划亮一根火柴，审视着这一明两暗的小屋。他看见土改时分的八仙桌和罗圈椅都还摆在原处。桌面和地面是干净的，只是落了一层浮土。每年秋后才使用的煤火台旁边，堆着用铁锨拍平的煤堆，煤堆上插着火柱。　这分明是离他而去的那个女人，在离去之前还在尽着一个农家主妇的责任。　第一根火柴已经烧疼了他的手指，他才从激动和茫然中惊醒过来，接着划亮了第二根火柴，照亮了桌子上的一盏有玻璃罩子的煤油灯。　他端起灯，摇了摇，灯里的煤油已经挥发干净。　满仓连忙从自己家里给他倒了点煤油过来。　他急忙把灯点着，端着灯，撩开通向里间的蓝底白花的土布门帘，一眼便望见挂在山墙上的一个紫檀木相框。　一个留着缨子头的小铁匠和他的抱着胖娃儿的娇羞的妻子，正在朝他微笑。　他激动地捧起照片，如同捧起一个遥远的五彩缤纷的幻梦。　他忽然发现，相框下方贴着一张纸条，写着一行端正的小字："银锁，俺跟拴娃等你。"痛苦而感激的泪水顿时蒙住了他的眼睛。

　　银锁在回到这座瓦房的短暂的时间里，已经和刚才那个坐在布满青苔的捶布石上、用呆滞的目光打量着荒芜小院的银锁判若两人。　他的已被遗忘的青春正在复苏，他的几乎冻结的血液又在奔流，腊月的眼睛又在他脑海里闪光，那是照耀在他的头顶的希望的星星。

　　"银锁。"满仓在门外叫他。

　　他急切地迎出屋门："满仓哥，腊月眼下在哪儿？"

　　满仓忧郁地瞅他一眼："先接住这，这是腊月寄存在我家的。"

　　银锁接住一个用布单裹着的沉重物件，不由得心里一热。　这是那个铁砧子，是张家祖传五代的铁砧子。

满仓说："社办工厂散摊儿时，腊月取回了铁砧子。她给你留话，等她看见张家铁匠炉里的火苗苗，她就是漂洋过海，也要回来会你。"

"眼下她在哪儿？你快说呀！"

银锁急切地望着满仓，紧张地期待着。

满仓却偏过脸，避开了他的眼睛。"去年春上，饮马桥食堂断炊，王木匠死在炕头上，腊月软埋了王木匠，就领着拴娃上北山后逃荒了。等年景好了，她娘儿俩兴许能回来。"

满仓没有告诉银锁，王木匠临死还掉着老泪，哭问腊月："这是咋着啦？银锁这孩子咋也撵不上形势啦？他咋把那胶轱辘小车推到劳改队啦？你哥那歪脖子榆树咋会成了精啦？唉！"

银锁又想起了那种用红薯干酿制的烈性的液体。他需要燃烧，需要麻醉，需要痛苦的解脱。他看见了三年前他带回家来的那个酒瓶，把它攥在手里，用他的粗糙的手掌不住地抚摩着、擦拭着瓶底，他感到瓶底上有擦不净的腊月的眼泪和血迹。他猛地摔了酒瓶，抱起了腊月给他找回来的铁砧子。

"腊月啊，你还能看见张家的火苗苗吗？"

张银锁遥问苍天，发出了无声的悲泣。

七　新来的徒弟

夜幕低垂，星光满天。 从"小满"会上回来的张铁匠，孤独地坐在泡桐树下的捶布石上，心中充满了忧郁和悲伤。如果有一位操持家务的女主人，这个小院将会由于鸡飞羊叫猪拱槽的声音而变得红火起来。 女主人将迈动轻风似的脚步，给她的赶会回来的当家人端来一盆洗脸水、一筐热烙馍、一海碗清热败火的绿豆汤。 用艾草编结的驱蚊的火绳也会点着，散发着略带苦味的淡淡的幽香。 他将在那张凉爽的竹床上安睡，倾听着女主人纳鞋底的"吱儿吱儿"的声响。而眼下，只有泡桐树上残存的几串紫色喇叭花，无声地飘落下来，如同一串串寂寞的铃铛，跟它们的主人一起，忍受着不能克制的悲伤。

大门外，旱烟锅一亮一亮的，从夜幕中游动过来。

"银锁，瞧你家黑灯瞎火的，就不像过日子的样子！"这是刚上任的生产队长王满仓的声音，"快点灯，你得在这'铁匠专业户定工定值合同书'上按个指印儿。"

张银锁极力从往事的重负下挣脱出来，开始琢磨着"铁匠专业户""定工定值"这两个生疏而诱人的新词儿。 他脑子里还没来得及转过圈儿来，又听见满仓说："队委会研究了，把你包那二亩责任田免了，专叫你打铁，定值交队，一天记十分；超值归己，超多少都是你的。"

张银锁忧心忡忡地说："不打啥'专业户'的招牌吧，还不知道这政策能兴几年，不如零打碎敲，干着说着，政策一变，咱就熄火。"

"我看你是一朝叫蛇咬，十年怕井绳哩！"王满仓把合同书塞到张银锁的手里，"你年轻时，可不是这种瞻前顾后的脾气！"

"不由我，叫蛇咬，何止一朝！"张银锁又叹口气说，"就说政策不变，可我就这一双手，没个帮锤的不中，你家也包着责任田，总不能老叫你家二小子跟我当帮手。"

"别急！"满仓神秘地笑着，"我给你找了个帮手，保你称心如意！"

"哪儿的？"

"跟你像一个模子脱出来的！"满仓卖着关子，又拍着巴掌，朝门外喊叫，"进来吧，来认认师傅。"

夜幕中闪过来一个人影，无声地在张铁匠面前站定了。星光下，可以看出他有着跟张铁匠一样高大然而比较细瘦的身个儿，但从他进来时那灵巧、轻捷的动作来看，显然是一个年轻、伶俐的小伙儿。

"哪村的？"张铁匠盘问着。

"张庄的。"小伙儿清脆地回答。

"哪个张庄？"

"就咱这个张庄。"

"我咋没见过你？"

"见过。"小伙儿以毋庸置疑的口气回答，"俺是'飞镰张'家的独生儿，姓张叫铁拴。"

"你……你是拴娃？"

"错不了，爹！"

"拴娃，"张铁匠的声音颤抖起来，"是谁叫你回来的？"

"俺娘。"拴娃回答，"俺娘叫我回来跟爹学学打铁的手艺，不能叫'飞镰张'的铁匠炉在我这一辈儿上熄火。"

一句话砸一锤，锤锤砸在张铁匠的心窝里。

"怎么样，铁匠师傅？"王满仓以含有悲酸的喜悦，戏谑说，"就把这个徒弟收下吧，这不算雇工剥削。"

张铁匠没有回话，这个突如其来的儿子，使他心乱如麻。他沉声不响地回到屋里，摸摸索索点着了灯。

"他银锁叔！"这是满仓嫂的愉悦的呼唤声，"小拴娃回来可是一喜！我烙了几张馍，叫你爷俩改善改善，总不能叫孩子一进家，就跟着你啃那冷馍就生葱。"她手托托盘走进来，把一筐烙得像纸一样薄的烙馍、一盘豆荚炒肉丝、一盘鸡蛋煎豆腐、两大碗绿豆面筋汤，摆到了方桌上，看看张铁匠，又看看正用那双很像腊月的眼睛观察自己的出生地的小铁拴，忽然用水裙抹着泪，说："你爷俩吃着说着，这屋里要是再有个烧火做饭的，可是热热和和一家子！"她向满仓递了个眼色，跟他一起出了屋门。

父子俩在方桌两旁相对坐下的时候，张铁匠急切地瞅了儿子一眼，恰同儿子向他注视的目光相遇，当爹的立即垂下了眼睑。他觉得，自己是一个没有尽到责任的父亲，没有勇气正视儿子那明澈的目光。但他已经看出，除了儿子那两道弯弯的眉毛和一对眼梢上挑的杏眼，透出他母亲的聪颖和秀美以外，那方正的脸庞，高而直的鼻梁，紧抿着的嘴巴，有力的、棱角分明的下巴颏儿，连同他的高高的身个儿，如同打上了"飞镰张记"的字号，跟自己一模一样。他把卷了菜的烙馍默默递了过去，儿子也正把卷了菜的烙馍递过来。父子俩交换了各自卷好的烙馍，父子俩的牙巴骨同时缓慢而沉重地蠕动，父子俩的深沉而潮湿的目光再度相逢。

"铁拴，"当爹的轻声叫着儿子的大名，"爹不能留你，你娘把你拉扯大老不容易，你撇下她，我过意不去。"

铁拴放下烙馍，眼眶里几乎涌出泪来，质问说："爹，那你为啥不能把俺娘接回来？难道你们是不共戴天的仇人？难道你们还没过够不是人过的日子？难道我命中注定要当个不是没爹、就是没娘的儿子？"

当爹的骇然地望着儿子，儿子的泪水汪汪的眼睛直视着他，使他心慌意乱地偏过了头。他该怎样做出回答呢？难道能够对儿子说，一个好母亲并不一定是一个好妻子吗？难道能够说，拆散二十多年的桶板儿，就是再勉强箍起来也不好使唤吗？难道能够在儿子面前数说母亲的过错，以激起儿子对母亲的怨恨吗？

"吃吧，孩子。"当爹的避开了儿子的质问。

　　儿子遵从父命，狠狠咬了一口烙馍。 "反正，俺娘是个好娘，天底下，再没有比俺娘更苦更好的娘啦！"他把没有嚼烂的烙馍咽下去，趴在桌上哭起来。

　　当爹的听着儿子的哭泣，感到有一股炽烈的足以使铁石熔化的液体在他心胸里翻滚，然而，他的表情是冷漠的。

　　"睡吧，铁拴。"当爹的又说。

　　铁拴由于父亲的冷漠感到委屈和怨恨，他用手掌擦了一把眼泪，赌气说："谢谢爹，总算没撵走俺这个小要饭儿的！"他把来时放在门后的大包袱掫过来，打开包袱说："这是俺娘给你捎来的遮火围裙，这是蛤蜊油、橡皮膏。 俺娘老怕火星子烧到爹身上！"

　　这一夜，父子俩睡在一张大床上。 后半夜，当爹的听到了儿子的均匀的鼾声，便悄悄坐起来，点着了那盏有玻璃罩子的煤油灯，捻小了灯头，用手避着灯光，长久地打量着正在熟睡的儿子的脸。 他仿佛看到了二十多年前的小拴娃。那时候，小拴娃总是睡在他和腊月中间，让爹娘轮流地亲着他两边的脸蛋儿。 而这时，儿子翻了个身，发出模糊的呓语："娘，我去接你……"

　　当爹的惊慌地吹灭了灯。

八　庄稼人的牛书记

　　原谅我，孩子！

你爹不是那不义之人。在你娘儿俩流落北山的时候，他曾踏破铁鞋，疯了似的，到处寻找你们的踪迹。

那正是人们经历了罕见的困苦而开始复苏的时候，活过来的人们在党的领导下，驱赶着灾难的魔影，耕耘着荒芜的土地，寻找着失散的亲人，重建着残破的家园。

一天清早，两位陌生的老汉走进了刚刚刑满释放的张银锁的家。

"你就是响当当的张铁匠吧？"

"不敢当。"张银锁说，"你要不说，我倒把我这个铁匠给忘啦！"

"可咱老乡亲们没有忘，大家想你张家的铁货都想出病啦！"

张银锁心里一热，仔细打量这个瘦小的五十多岁的老汉，发现他戴的是干部帽，穿的是庄稼人的对襟小袄，袄兜里却插着钢笔、装着小本儿，而手里拿的是旱烟袋。这老汉是个干啥的？银锁有点纳闷。

"怎么样？张铁匠，总不能叫乡亲们老害相思病吧！"瘦老汉诙谐地眨巴着眼睛，"我给你拉来一汽车块儿煤、两吨半圆铁、一百斤刃钢，再给你十个月的时间，你给我打两千把镰刀、五百把锄板儿，都砸上'飞镰张'的钢印儿，还叫它姓张，你说中不中？"

张银锁不敢相信自己的耳朵，却贴近了这个老汉："请问大叔，您是从哪儿来的神仙，听你这口气，就把俺吓个半死！"

另一位身个儿墩壮的老汉，笑眯眯地插言说："他是才复职的公社牛书记。"

张银锁吓得一愣，又朝那老汉疑惑地眨着眼睛。

"小师傅，你没听说过他呀？"身个儿墩壮的老汉又介绍说，"有人说他是专拉破车的老牛，是那年拔下来的'白旗'！"

老牛嘿嘿笑了。"小师傅，如今咱得拧成一股绳，搁劲拉拉咱公社这辆破车，中不中？党中央领着咱恢复生产，重建家园，可咱总不能用手指头抠土坷垃吧！"他用胳膊肘碰碰那个墩壮的汉子，"这位是供销社的老李头，你俩眼下就订个供销合同，他给你原料，收购你的镰刀、锄板儿，你就赶快生火吧！"

张银锁的心里冒起了火苗苗，但他寻思说："牛书记，你这不是叫俺发展资本主义吧，你可也是叫人家拔过一回'白旗'！"

"放心，再不会拔你的'白旗'啦！"牛书记又嘿嘿笑着说，"你一天给队里交一块五毛钱，队里给你记一个工，多挣下的钱都归你，这叫集体、个人两兼顾，多劳多得，这也是党中央一贯的好政策，就是前几年搞歪了。"牛书记想起了什么，又皱皱眉毛，目光像钉子一样盯着银锁，"你这把打铁的好手，往后再不能把力气用错地方，再不能把人家的鼻梁骨当成铁来打，你说对不对？"

"老对老对！"张银锁差点儿掉下眼泪，但他犹豫半晌，却说，"牛书记，可这合同俺还不能订，就请你原谅俺一回。"

"为啥？"

"北山后，俺还丢着两口人。"张银锁凄伤地说，"要叫俺打铁，俺得先把她娘儿俩找回来。"

牛书记跟老李头交换了忧戚的眼神，说："这事儿交给我办吧，你把她娘儿俩的姓氏、长相、年龄细说细说，给邻县北山各公社发发信，盖上咱公社的公章，拜托人家抓紧找找，咱等着回信儿，中不中？"

张银锁心里又冒起了火苗苗。这真是咱庄稼人的好书记呀！他心情激动地暗想，他给俺带来了党的好政策，可党也没说过叫这当书记的替俺写信找老婆、孩子呀！他用潮湿的目光望了望牛书记，感动地说："老书记，俺张铁匠落后了这些年，可还懂得个'心换心'，党为俺担忧，俺就不能给党添愁！眼下俺就代表俺自己，代表俺丢到北山后那两口人，签了这合同。"

张家小院里又搭起了铁匠棚，支起了道光元年的铁砧子。王满仓当了帮锤的。伙计俩起五更打黄昏，干了八个月，就完成了十个月的合同任务。饮马桥公社的庄稼人又用上了砸着字号的张家铁货，张庄生产队的副业账上增加了七百多元的现金收入，银锁和满仓也都有了信用社的存款折子。

当银锁重新把"飞镰张记"的铁戳子砸在那些闪耀着蓝色光芒的镰背和锄背上时，他感到他又姓了丢失多年的那个"张"，恢复了他和他的铁货的个性和尊严。

但是，当乡亲们称赞张家的铁货胜过了老祖先，而且被引为张庄生产队的骄傲时，张银锁的脸上并没有露出明朗的笑容。时常出现在铁匠炉旁的牛书记，也总是用忧郁的眼神与张银锁对视。因为，北山后的每一封回信都是令人失望的；从那一群群逃荒归来的人流里，也看不到腊月和拴娃的踪影。

"牛书记呀！"张银锁露出了歉疚的神色，"俺得亲自去北山后找找，要不，俺一辈子也死不了这条心！"

"去吧，把铁匠炉挑上。"牛书记塞给他一双绿帆布军用鞋，"要是找到了她娘儿俩，就给我老牛捎个信儿。"他想起了什么，沉默半晌，又说："往后咱们公社里，再不能丢社员！"

九　红包裹里的爱情

桑木扁担两头翘，一头挑着打铁的工具，一头挑着铺盖卷儿，张银锁走进了北山口。

北山后边有北山，两道北山是两道墙，两墙中间叫"二夹墙"，东西一百八十里，坐落着一百多个村庄。有人说，看见腊月她娘儿俩流落在"二夹墙"里了。张铁匠决定从东到西地寻找，一个村庄也不漏掉。

　　他挨村支起铁匠炉，给山民们打制各种使人赞叹不已的小件农具，甚至打破"二夹墙"里流传千古的钩担环的传统设计，把五个钩担环增加到七个，使得山民们终于明白，粪箩头在钩担上也可以随意"打滴溜"，不必用手扶，不搁下钩担也能往地里撒粪。　山民们都由于祖先们多出了上千年的冤枉力而大为感慨，以至把张铁匠的两个钩担环的创造，视为"二夹墙"使用钩担以来的划时代事件。　于是，不少于二十个山村的干部和社员，都挽留张铁匠在本村落户，甚至以三间红石砌墙、青石板盖顶的石头楼和一个最善于操持家务而且姿色不凡的年轻媳妇为条件。　张铁匠不少于二十次地谢绝了乡亲们的挽留，因为在他打铁的时候，从那飞进的火星中，总是看到腊月和拴娃的闪着泪光的眼睛。　但当他做出大约是第二十一次的谢绝时，却给一个年轻的寡妇留下了难言的伤痛。

　　那是在一个只有二十多户人家的青龙沟生产队。　张铁匠到来之前，关于他打铁手艺的种种传闻已经使那里的老人们断言，这师傅准是太上老君的真传！　多年来，由于停止了集市贸易，而在供销社生产资料门市部里又往往买不到小件农具的社员们，成立了一个由老队长亲自挂帅的类似外事办公室那样的临时性机构，决定让张铁匠在村头那孔用红石砌圈、青砖铺地的新窑洞里下榻，而把铁匠棚搭在窑洞门口的一棵老皂角树下。　一个在铁匠炉上拉过风箱的小伙儿，十分荣幸地被确定为张铁匠的下手。 一日三餐则由娘家爹在县政府当过炊事员的妇女队长全权办理。 是日，当张铁匠在老队长的陪同下，踏着青龙河畔的草地，莅临青龙沟的时候，受到了村民们发自内心的嘘寒问暖的迎接。 如果张铁匠脚下不是踩着绿草地，而是红地毯，那么，他无疑是受着类似迎接国宾的礼遇了。

老皂角树的绿荫下，响起了热烈、昂扬的打铁声和围观者的谈笑声。 张铁匠却是沉默的。 村民们对他那急骤、有力的打铁动作的赞叹，对他用盐水蘸火的惊讶，对他那古铜色的、肌肉坚实的魁梧身躯的赞美，对他打制的镰刀、锄板上那蓝色的光焰和"落地出钢音儿"所连连发出的"嘻嘻嘻嘻"的文言叹词，虽曾使张铁匠那汗津津的脸上露出不易觉察的微笑，但他那黑沉沉的目光里总有着不可驱散的阴云。这一切，都被一个年轻的寡妇李大翠看在眼里。

老队长问："张师傅，贵庚多少？"

"属虎的，二十八岁。"

李大翠暗想，这师傅长俺三岁。 但她脸上一热，又在心里骂自己，不知羞，不知羞！ 人家是个大男人，你个小寡妇家算计人家的年岁是为的啥呢？ 她闪身躲在皂角树后，靠着树身，慌乱地用手帕扇起风来。 这时，又听见老队长问那铁匠：

"家里都有谁？ 一家子都扎实吧？"

李大翠的手帕立即停止了晃动，她不由得揪紧了自己的衣襟，紧张地期待着铁匠的回话，而那"叮当叮当"的打铁声似乎没完没了地响着，大约有一袋烟的工夫，打铁声才停下来。大翠忍不住从树后向张铁匠瞥了一眼，看见他用火钳夹着一个暗红色的镰头，插到水盆里，"哧"地冒起一缕白色的烟雾，在烟雾笼罩下，张铁匠向老队长忧郁地一瞥，闷声说：

"俺是一个人吃饱，一家子不饥。"

李大翠心里猛地一跳。张铁匠那充满感伤的回答，却使她产生了朦胧的喜悦。她又偷偷地瞅了张铁匠一眼，便心慌意乱地向家里跑去了。

这是一个年轻寡妇的冷清的家。自从两年前的春天，她的新婚不到一年的丈夫死去以后，她暗暗地流过多少眼泪！丈夫死去时，少见的饥荒正像一个巨大的幽灵在人间游荡。对于世上新增添的年轻和不年轻的寡妇们，人们还顾不上表示关切和同情；而她们自己，在饥肠辘辘的时候也似乎来不及产生空闺之怨。这两年，随着解散食堂、包产到户、暂免公粮，而且得到了三年来的第一个好年景以后，大翠已经在夜深人静的时刻有所烦恼，而且听到沟那边传来的酸溜溜的山歌声了。

俺跟你家隔道沟哟，妹妹呀！

白天拆桥夜里修哟，妹妹呀！

哥哥有心翻墙过哟，妹妹呀！

就怕你家大黄狗哟，妹妹呀！

"才吃上一顿饱饭，撑的！"大翠在心里骂着。

她知道，这是沟对面那个外号"狗不理"的浪荡鬼儿唱给她听的。她"噗"地吹灭了灯。

第二天，当她在院墙上插着酸枣圪针时，西院的寡妇婶子踅过来说："大翠，新社会兴咱寡妇家'移动移动'，你年轻轻的，又没孩子拖累，趁早再走一家吧。"

大翠含泪说："那也得遇上个好主儿！"

眼下，这个好模样、好手艺儿，"一个人吃饱，一家子不饥"的铁匠哥，是不是月下老人特意给俺送来的"好主儿"呢？咦咦，不敢想，不敢想！大翠的心随着皂角树下的打铁声，"怦嗵怦嗵"地蹦跳着。她照照镜子，看见了一张刚刚从饥饿中恢复过来的透出红晕的瓜子儿脸，眼睛是明亮的，头发是乌黑的。从前，她赶集上会，招惹过多少轻薄男子的贪馋的目光呢？她用手抿抿乌黑油亮的头发，目光又停留在那双十指长长、柔韧而结实的手上。这是一双既能飞针走线又能挥镰弄锄的巧手哩！要是包上指甲草，染出十个红指甲盖儿，戴上黄朗朗的铜顶针儿，那就不仅具有了劳动的价值，而且会显示出乡间女子手上的美学修养。这双手和这副瓜子儿形的脸庞，都使大翠增添了一个年轻寡妇的自信和勇气。她记得，在娘家时，人们说她是百里挑一的闺女；来婆家后，人们又说她是百里挑一的媳妇儿。铁匠哥，你是几百人里挑一个的人尖儿呢!

就在大翠产生了每一个漂亮而不幸的年轻寡妇大概都曾有过的隐秘念头以后,张铁匠发现,他那件挂在树杈上的对襟布衫儿不见了。 但他没有声张,要是对人说出去,那不等于说青龙沟有贼,往人家脸上抹黑嘛! 奇怪的是,这天晚上,他回到石窑里睡觉时,却发现那件对襟布衫儿被洗得干干净净,叠得平平整整,放在床头上。 他展开一看,肩上的两个破窟窿都已补上了补丁,针脚细细密密,分明是一双绝不亚于腊月的巧手缝的。 张铁匠感激而且纳闷,这是哪位善心的大娘、大婶、大嫂子,怜惜俺这个光棍铁匠呢? 亏得俺没有说出去,要不,冤枉了好乡亲,还叫人笑俺小气!

次日打铁时,他不时地往围观的人群里打量,希望能够在某一双眼睛里看出一点儿异样的目光,发现一点儿有可能使他采用对等而又略有超过的方式进行报答的线索。 但这种观察毫无结果。 他特意挂在树杈上的洗净的布衫儿,也似乎没有引起任何人的注意。 这使他产生了欠了人情债而又不知道向谁归还的怅惘。

不多天后,他又在石窑里呆住了,床上又凭空增添了一个耀眼的红包裹。 他惊诧地打开一看,有一件用家织土布做的白布衫儿、一双千层底儿圆口黑布鞋。 不会是谁放错了地方吧? 他把新布衫和旧布衫比了比,一般大小,显然是上次洗布衫时留下的尺寸;那双新鞋也像是比着他的脚做的。 他又想,这是哪位善心的大娘、大婶、大嫂子……他的心"怦咚"跳了一下，目光落在那块耀眼的红布上。红布是锁了边儿的，红布一角，绣着一对戏水的鸳鸯。这鲜艳的红色和戏水的鸳鸯，好像跟大娘、大婶、大嫂子毫不相干，倒是使他想起了火，想起了青春，想起了血液的沸腾，想起了新房里的大红"喜"字，想起了新娘子头上顶的"蒙头红"，想起了大娘、大婶、大嫂子脸上所没有的年轻女人脸上的红晕。他把新布衫和旧布衫的新补丁上的针脚作了对比性的分析、鉴定，可以看出是出自同一个女子的巧手。他感激而又警惕地把新衣、新鞋用红布包好，把这件不该接受而又无法退回的礼物塞到了床头席下。

神秘的礼物、神秘的人儿啊，把我们的张铁匠害得心神不宁了。跟他帮下手的小伙儿第一次发现，张铁匠打锄板没掌好火候，重新回炉；另一个刚刚烧红的镰头却从火钳上滑到地上，白搭一火。幸好青龙沟的铁货快做完了，张铁匠决定尽快地悄悄离开，留下一个让那位神秘的女子来不及揭破的永久的秘密。他时而怪自己心狠，好像伤害了一个像腊月那样善良、姣好的女子；时而笑自己多疑，说不定那是一位七老八十的老奶奶，戴着老花眼镜做的，一边走针，一边掉泪，因为她想起她的没能活过来的孙儿，也是属虎的，跟俺同岁；要不，就是老奶奶看俺这没人照料的光棍儿铁匠太可怜，她啥也不图，就图个积德行善。而那块绣着鸳鸯戏水的红包袱皮，不过是老奶奶为俺求个吉利，愿俺成家立业，夫妻和美。那俺往后一定像她老人家那样，帮扶落难的好人，算俺对她老人家的报答。

这天黄昏，却发生了新的意外。那是在帮锤的小伙儿已经回家，皂角树下的人群都已离去的时候，一个瓜子儿脸形的年轻女子——不错，她是张铁匠不曾注意到的李大翠，怯生生地走过来，把身子隐到皂角树后，低头纳着鞋底儿，说："铁匠哥，俺做那布衫儿合身不合身？"

张铁匠心里一惊，呆住了。他仔细打量这个女子，发现她是剪发，鬓角上垂着乌黑的发绺，这是年轻媳妇的标志，才定了定神，感激地说："他嫂子，俺实在担当不起，却不知，那双鞋是咋个比着俺这脚做的？"

大翠羞怯地抬头瞅他一眼，又慌忙垂下眼睑，说："那你没问问你那脚，问它一天从俺门口过几回，给俺留下多少脚印儿？"

张铁匠心里一热："他嫂子，可俺该咋着谢你？"

"说啥谢不谢的！"大翠照旧低着头，纳着鞋底儿，说，"女子家当不了打铁匠，还不会做点儿针线活儿！"

张铁匠寻思说："他嫂子，你家叫没叫俺打铁货？"

"人多嘴杂，俺没得空儿找你。"

"那俺赶明儿给你家打一对镰刀、两个锄板儿，您两口一人一个。"

大翠凄伤地瞥他一眼："成双成对的物件儿俺不要，俺家只俺一口人儿。"

"啥？"张铁匠又一次呆住了。

"俺那个死鬼……"大翠眼圈红了，"在那山坡上挺着哩！"

"啊……"

皂角树下出现了难耐的沉寂，只听见乱了节奏的纳鞋底声。

好久，大翠才鼓起勇气，柔声说："听说你也是单身儿，铁匠哥，俺是想问问……"说到这儿，纳鞋底的锥子戳到她手上，她用嘴吸吮着手指，正思忖着该怎样说下去，村子里却传来老队长的喊叫声："张师傅，该喝汤啦！"

"这就去，这就去！"张铁匠慌乱地向那女子望了一眼，那女子却倏地隐到树后不见了。

张铁匠吃过晚饭的时候，夜色已经笼罩了山野。他在想，这村不能再待了，明天一早就走吧。但他又感到刺心的歉疚，他还没来得及向一个善良、姣好的女子回答一个不问自明的问题。俺跟她，不敢有再见一面的缘分。

张铁匠带着莫名的惆怅，向石窑走去了。而那棵老皂角树后，又倏地闪出一个人影儿。

"铁匠哥！"那女子小声叫着。

张铁匠站住了，面对着朦胧夜色里的一个苗条的身影，感激地站住了。

"大妹子！"他不知道自己为什么会用了这样一个称呼，"俺不敢瞒你，俺心里还有两口人，她娘儿俩逃荒来到这北山后，两年多没有音讯儿，俺还得去找这两口人。"

大翠抖颤了一下，呆呆地站着，捂住脸哽咽起来。

张铁匠忍不住靠近了大翠，扶住她的正在抖动的肩膀："大妹子，俺这个打铁匠，心肠不是铁打的，俺会记住你的情，记一辈子！"

"你走吧，打铁的师傅。"大翠已经改变了对张铁匠的称呼，并从他手下移开了肩膀，哽咽着说，"要是当真有菩萨，俺就一天烧炷香，求菩萨保佑你找到那苦命人！"她猛地转过身子，捂着脸，向村子里跑去了。

"大妹子……"张铁匠小声喊叫着。

大翠没有停下脚步。夜色里，传来了她那渐渐远去的抽泣声。

次日，张铁匠离开了青龙沟。走了不远，他又回过头，用目光在欢送他的人群中寻找，终于在那棵绿荫如盖的老皂角树下，望见了一个呆立着的蓝色身影，泪水立时模糊了他的眼睛。

"你这个不知情义的人啊！"他在责骂自己，"你还没问问人家的名姓，还欠着人家一份人情，就这样扭头走啦？"

带着一个红包裹里的不可排遣的忧愁，带着一个不可弥补的歉疚，也带着腊月与一个薄命女子合二为一的幻影，张铁匠迈着沉重的脚步，向山沟里走去了。

十　山神庙里的新婚

走一程，又一程；过一村，又一村。 张铁匠的扁担上已经刻下了九十八道印痕。 那是他寻找了九十八个村庄的记录，记录着顽强的寻找和这寻找的不幸。

一年过去了。 公元 1963 年的第一场冬雪，已经覆盖了苍茫的山野。 如同一座即将熄灭的炉火，张铁匠怀着残存的希望的火光，向一个名叫刘棚搁——如同搁在云端里的一个小小的山村走去。

在十八盘羊肠小道的第十七盘上，张铁匠的头顶传来"哗啦哗啦"的响声，落下了纷纷扬扬的雪片。 他循声望去，只见一个六七岁的男孩儿，爬在积雪的崖头上，在酸枣刺丛里钻来钻去，伸出冻得通红的小手，采摘秋天已经成熟而被遗忘在枝头的暗红色的酸枣。 男孩儿的棉袄被酸枣刺挂破了，露出了开花的棉絮，但他还在奋力向崖顶爬着，每采摘一颗酸枣，就随即搁在嘴里，贪馋地咀嚼着，甚至把枣核也"咯嘣嘣"地嚼碎，咽到肚子里。 当男孩儿抓住一根树枝，把身子远远地探出去，正要攀摘空悬在崖头的另一株酸枣时，张铁匠忍不住"嘿"了一声，男孩儿立即缩回了身子。

"下来，孩子！"张铁匠喊叫着。

"你少管闲事！"男孩儿抗议说。

"下来吧，"张铁匠说，"我给你东西吃。"

男孩儿疑惑地审视着张铁匠，望见他放下挑子，从箩筐里掏出来一小捆用麻绳扎着的油条——那是前一个山村的乡亲送他上路的礼物。 这捆油条对男孩儿产生了极大的诱惑，他将信将疑地抓住崖上的树枝，小心翼翼地挪动脚步，坐到一个积雪的斜坡上端，"哧溜"滑了下来。

张铁匠望着这个头发蓬松、面黄肌瘦的孩子，心底里产生了不可名状的怜悯，忙把油条塞到男孩儿手里，拍拍他浓密的刺猬般的头发："吃吧，孩子，不吃完不叫你走。"

男孩儿用亮闪闪的目光向张铁匠瞅了一眼，便低下脑袋大嚼大咽起来。 男孩儿的目光，使张铁匠心里一震。 这眼神是多么熟悉啊，这眼睛也分明是那双时常在他脑海里闪烁的腊月的杏眼。 他紧张地审视男孩的前额，在弯弯的右眉上方找到了一颗淡淡的朱砂痣。 啊，是拴娃，我的拴娃！ 但他抑止了巨大的兴奋和冲动，一声不响地看拴娃吃着，像一只饿坏了的小狗娃那样，左右摇晃着小脑袋，用牙齿拽着拽着因天寒而变得坚硬的油条，直到他啃啮的动作缓慢下来，嗓子里冒出了打嗝的声音，张铁匠才温存地叫了声："拴娃！"

男孩儿立即停止了啃啮，惊疑地眨动着眼睛："你咋知道我是拴娃？"

"孩子，我是你爹！"张铁匠的泪水夺眶而出。 他伸出双手，想把拴娃搂在怀里，拴娃却惊慌地倒退着："不，你不是！"

张铁匠心里刺疼了一下，像唯恐把拴娃吓跑似的，缓缓地、一步步地向拴娃靠近。"拴娃，看看我，好好看看，想想那年，你骑在我脖子上，去饮马桥赶会，我给你买了个小拨浪鼓，你摇着拨浪鼓，伸胳膊动腿儿的，惹得赶会的人都朝着咱笑，你想起来啦？想起来啦？"

拴娃茫然地摇着脑袋，像唯恐被抓住似的步步后退着。

张铁匠继续一步步地靠近，热烈而温存地启发着拴娃的回忆："拴娃，你再想想，那年秋天，我拱到豆棵里，给你逮了一个小蛐子，我用秫秆扎了个蛐子笼，把蛐子装到笼子里，挂在咱家那棵石榴树上，我抱着你，喂它青辣椒吃，叫你向它吹气儿，那个小蛐子，就鼓起绿色的小鞍子，给你拉锯，'吱吱，吱吱'，你想起来啦？想起来啦？"

拴娃照旧茫然地眨着眼睛，不住地倒退着。当张铁匠再次向他伸出双手的时候，拴娃突然惊恐地叫着："俺有爹，你不是！"像一只受惊的兔子，拔腿向山顶跑去了。

"拴娃，你等等！"张铁匠大声喊叫着。

拴娃远远地站住了。

"拴娃，你娘在不在啊？"

拴娃迟疑了一下，没有回答，又惊慌地拔腿跑了。

张铁匠沉重地坐在担子上，被兴奋激励着，又被失望压迫着。既然拴娃又有了一个爹，那么，腊月——如果她还活着，准是又有一个男人了。他突然感到疲惫而忧伤，然而这一切都没能熄灭在他心胸中重新燃起的希望，他挑起担子，向山顶走去了。

山尖儿上的刘棚搁，是一个只有五户人家的小村。 张铁匠站在村头那座已经没有泥胎的山神庙门前，望着拴娃留在雪地上的脚印寻思，是不是要踩着这行脚印进村？ 这脚印将会通向一户啥样的人家？ 腊月和那位男主人将会怎样接待这个冒失的客人？ 这时，山神庙后传来了水桶放进水潭里的"扑通"声。 他决定向这位打水人打听一下腊月的近情。

当他把担子放到庙门前，向庙后走去的时候，一个穿着红色粗布棉袄的身个儿苗条的村妇，正提着水桶，微侧着身子，低垂着绾了一个乌黑发纂的脑袋，踏着积雪的台阶，一步步地走上来。 这村妇微微摇动腰肢，不时把耷拉在额前的发绺甩到脑后的动作，使他感到亲切；而深山窝里年轻媳妇的古朴而鲜艳的红袄绿裤，把乌发绾成纂子的发式，又使他感到陌生。 他正在踌躇，那村妇已经登上台阶，踏着村头的雪路，就要向村子里走去了。

"大嫂！"他喊叫着。

那村妇停下脚步，微侧着身子，像山里的年轻女人那样，把耳朵朝向他，拘谨地等待着他的问话。

张铁匠走上前去，在她背后几步远的地方站住了。

"大嫂，俺打听一个人。"

村妇转过脸庞，朝张铁匠瞥了一眼，惊骇地"啊"了一声，水桶"咚"地掉在台阶上，"扑通扑通"翻滚着，又

"咚"地掉进水潭里。

"你……你是……？"女人惊骇地问着。

"我是银锁，腊月！"张铁匠望着这个额角上有一个月牙儿形伤疤的女人，"我找你，磨破了铁鞋，腊月！"

腊月惊慌地向村子里瞥了一眼，急忙推了张铁匠一下，闪身进了山神庙。她站在张铁匠对面，上下打量着张铁匠，突然扑到他的怀里，涌出了止不住的眼泪："银锁，这不是做梦吧？"

张铁匠紧紧抱着这个曾经是他的妻子的女人："不是梦，腊月，我找你们娘儿俩，找了九十九个村子！"

但是，腊月像是被火烧了一下，倏地离开了银锁的怀抱，垂下眼睑，悲伤地说："银锁，别怪俺，俺又有了人……"

"可你……"银锁的预感终于得到了证实，他绝望而又气恼地说，"你在屋里留话，说你跟咱拴娃，等俺。"

"我等你，银锁，等了两年。"腊月扶着庙墙，背对着银锁，哭了起来，"可俺哥说，没有你了，说你在劳改队逃跑，叫人家用枪打死了，他叫我死了等你的心，他，真歹毒！"

炽烈的怒火又在张铁匠心胸里升腾，但他咬住牙，听下去。

"他叫俺再走一家……就是那个姓夏的……"

"是他？"

"俺死活不从，俺一心……把咱拴娃拉扯大，也不枉咱夫妻一场……"

说到这里，腊月已泣不成声。

张铁匠再次抱住腊月，毫不吝啬一个男子汉的眼泪。"腊月，腊月！"他仰天叫着。

腊月再次轻轻地，然而是固执地推开了银锁："你听俺说，银锁哥。食堂断炊后，俺领着咱拴娃，逃到这村，倒在这山神庙里。我跟咱拴娃都死了过去，拴娃嘴里……还噙着一把……路边草。"腊月凄伤地哭了，好久，又哽咽着说："多亏俺遇见了好人，真的，银锁哥，他是个好人。是他，把俺娘儿俩救活。他孤身一人，银锁哥，他把粮饭，给了俺娘儿俩，他吃橡子面儿！"腊月又用手掩着脸，小声哭了。

天色暗了下来。暴烈的山风在山谷里嘶啸着、冲闯着，不时传来积雪的树枝被山风折断的"嘎吱"声，伴和着一个伤心女子的悲泣。

张铁匠呆坐在神台上，男子汉的妒忌使他把牙巴骨咬得"咯嘣嘣"响。但是，他能够责备腊月吗？腊月又有什么过错？他应当安慰腊月吗？又有什么言语可以减轻腊月的悲伤？当他顶风冒雪、翻山越岭，找遍九十八个村庄的时候，他不曾感到疲惫和痛楚，因为有两颗星星在他头顶照耀，那是他的憧憬，他的希望，他的有血有泪的追求。他终于在第九十九个山村里找到了他的星星，而星星已经不在他的头顶闪光，他的憧憬已经幻灭，他的追求已经丧失。他用刀子在扁担上刻下第九十九道最长最深的印痕，如同在心底划出了一道永远医治不好的带血的创伤。 山风从山神庙的没有窗纸的窗棂里"呼呼"地扑进来，在庙里打着回旋，好像在嘲笑这个不幸的人：嗬嗬，你该怎么办啊，张铁匠？

山风也从村子里送来一个男人的呼喊："拴娃他娘！"接着是一阵"吭吭"的咳嗽声。

腊月急忙用袄袖拭去了脸上的泪水，恳求地望着银锁："银锁哥，你可不能走啊！"她慌忙走出庙门，急急跑下通向水潭的台阶，捞起水桶，打满了水，又急急登上台阶。

"拴娃他娘！"那男人又在忧心地喊叫。

"俺在这儿哩！"腊月慌乱地掩饰，"水桶掉水潭里了，好不容易才把它捞上来。"

这时，山神庙里有火光一闪。

"那是谁？"汉子问着。

"是我。"张铁匠站在山神庙的窗棂跟前，"叭叭"地敲着旱烟锅，沉声回答，"一个打铁的，大哥。"

"打铁的？"那汉子高兴地说，"俺这儿啥都不缺，就缺铁匠师傅，钢一把镢头，也得跑四十里山路。 拴娃他娘，"他向惊恐地站在路旁的腊月吩咐着，"快把小西屋拾掇拾掇，请铁匠师傅住下。"

"不用啦。"张铁匠说，"我看这座小庙就像给我盖的，支铁匠炉正合适。 这神台，睡着清净，有小鬼儿把门。"

那汉子嘿嘿笑着，又"吭吭"地咳嗽着："倒也是！ 拴娃他娘，你得拿把扫帚来，把这神仙住的地方打扫打扫，糊上窗户纸，把马灯掇来。 我说铁匠师傅，还没喝汤吧？ 咱家现成！"

"谢谢！"张铁匠说，"我这儿还有山下老乡亲送给俺的油条，有口热水就行。"

"油条？"那汉子愣了一下，"油条可是好东西。"他又愣了一下，随和地问道："请问，师傅您尊姓大名？"

腊月一惊，把心缩紧了，因为她对这个男人说过她那个已经"死"了的男人。

张铁匠深深地抽了一口旱烟，又缓缓地把一缕青烟吐出来，终于开口说："不敢，敝姓南，小名受，南受！"

腊月从心底嘘出一口气来，那汉子也嘘出一口气来："南师傅，你这名起得怪，可也是，人生在世，就是一个'受'字，咱们都是掏劲出力的'受家'。"他又"吭吭"地咳嗽着，自我介绍说："敝姓刘，小名忍，刘忍。 对不起，南师傅，我有点小病，怯寒！ 今儿少陪，咱明儿见。 俺这村不大，可有你做不完的活！"

名叫刘忍的汉子跟腊月向村里走去了。 远远地，又传来他"吭吭"的咳嗽声和说话声："得给南师傅抱一捆柴火，大冷天的，出门人老不容易！"

一个陌生汉子对腊月说话时的那种"当家人"的口气，以及腊月对这个"当家人"的沉默的顺从，都使得张铁匠心里燃烧着火一样的妒意。 但他也暗自承认，他还没有看清面目的陌生人，确实是一个善良、厚道的庄稼汉。 他感到，他进行了一次多余的寻找，变成了一个多余的丈夫，扰乱了一个家庭的安宁。 银锁啊，你该悄悄地离去吗？

腊月推着小车来了。 车头上摇曳着一盏明亮的马灯，车子上堆着像小山一样的物品。 如同一个能干的农家主妇在安排她的新家那样，腊月很快便把一个冷落的庙堂打扫得干干净净。 她把马灯和暖水瓶放在香案上，雪白的窗纸糊在窗棂上，一个草苫子挂在庙门上成了门帘子，另一个草苫子铺在神台上做了草褥子。 她在草褥子上打开了银锁的铺盖卷儿，坐在地铺上环视了一下焕然一新的小庙，终于喘了口气，小声问："银锁，你碰见咱拴娃啦！"

"碰见啦，可他，又有了一个爹！"张铁匠头也不抬地说，"咋的？ 拴娃对你男人说啦？ 你怕你男人难受？ 怪我不该来这儿找你？"

"银锁，你就别再剜我的心啦！"腊月伤心地叫着，"他是个好人，真的！ 他没起疑心，他对拴娃说，你认他当儿子，是你心里疼他。"她说着，又趴在银锁的地铺上哭了起来。 当她从铺盖上闻到六年前那个小铁匠身上的遥远而亲切的气息时，就哭得更伤心了。

是嫉妒？ 是悲伤？ 是炽烈灼人的情爱？ 还是积蓄已久的深沉的相思？ 张铁匠浑身的血液沸腾起来。 他迈着沉重的脚步走向腊月，用痛苦而灼热的目光望着腊月，突然俯下身去，把腊月紧紧地抱在怀里。腊月没有抗拒，她伸出手臂，用哆哆嗦嗦的手指，捻暗了香台上的马灯。两团炽烈的野火不可遏止地燃烧在一起了。这是一个奇特的新房里的荒谬的新婚。暴烈的山风如同一个老而无用的法官，用他的黑色的法袍扑打着山神庙门。

如同一个做了错事的妞儿，腊月紧张而羞怯地脱离了银锁的怀抱。当她想起刚才仿佛听见庙门外有"沙沙"的脚步声时，就变得更加紧张而慌乱了。

"俺得回去了，银锁。"她用手指理顺了蓬乱的头发，捻亮了马灯，灯光映照着她那绯红的脸。

"跟我走吧，腊月，带上小拴娃。"银锁温存地要求着。

"可他是个好人！"腊月一提起这个好人，眼眶里就充盈着泪水，"你就叫俺想想，咋着对他开口。人，不是物件儿，不能扔下就走！"

门外传来"沙沙"的脚步声。

"他来啦，银锁！"腊月惊慌地说。

草苫子门帘被掀开了，那个名叫刘忍的男人扯着拴娃走进来。在灯光的照耀下，张铁匠终于看清了，这是一个中等个儿的瘦弱汉子。大约四十五岁，黄巴巴的脸上，有一双和善而忧郁的大眼睛。

这汉子慈祥地拍拍拴娃的小脑袋，又指指张铁匠说："拴娃，那是你的亲爹，快过去叫爹，叫呀！"

张铁匠和腊月都呆住了。

拴娃好像事先受过训练似的，开始向张铁匠挪动脚步。他看见他的亲爹已经张开手臂期待着他，突然奔过去，紧紧地贴在张铁匠的怀里。 张铁匠亲着拴娃的脸蛋，又把拴娃高高举起，问着：

"拴娃，想我吗？"

"想！"

"咋想？"

这是一个难题，拴娃眨巴着眼睛，没能答上来。

"想叫你爹带你去赶集，对不对？"那个"爹"在一旁提醒拴娃。

"再给我逮个小蚰子！"拴娃大声说。

"对！"张铁匠又亲拴娃一下，"喂它青辣椒吃！"

拴娃又大声说："叫它给我拉锯！"

"中中！"张铁匠举着拴娃转了一个圈儿，又把拴娃放地上，说，"我还得给你一个八磅锤！"

"啥？"拴娃问。

"生铁锤。"张铁匠郑重地说，"叫你跟我学打铁。"

拴娃毫不含糊地说："中！"

不知是由于喜悦还是辛酸，腊月的眼眶里再次盈满了泪水。 当她看到刘忍也在暗暗拭泪的时候，就忍住自己的眼泪，说："坐呀，刘哥！"

"都坐，都坐！"刘忍说。

八十年代初留影

学生证照片

1951年集体照,前排居中者为张一弓

六十年代在农村采访时留影

1981 年,《犯人李铜钟的故事》获全国第一届中篇小说一等奖时留影

1990 年秋,在美国爱荷华大学参加"国际写作计划"时留影

1990年秋,在美国爱荷华大学,与美国作家
克拉克先生合影

1993年1月,担任《热风》主编时留影

2006 年国庆节家庭聚会

2015 年 12 月，去世前一个月的留影（旁边的是护工格格）

2016 年 1 月 9 日,在河南省人民医院病逝,享年 81 岁

　　大家分别在风箱上、地铺上和倒扣着的箩筐上坐下了。拴娃又回到了那个"爹"的身边。山神庙里出现了难耐的寂静。

　　"我都知道了，张师傅。"刘忍不动声色地说，"你们本是热热和和一家子，怪我过去不知真情！"

　　"俺没敢瞒你！"腊月悲伤地说，"怪俺娘家哥报了谎信儿，说没有他啦，可他活着，为俺娘俩，受尽磨难……多谢你救了俺，老刘哥！"

　　刘忍止不住打着哆嗦，而他的神态还是那样庄重而镇静："谢俺啥？咱这老山窝里，就比山底下多两把柿糠，叫你跟拴娃受了两年委屈。我说张师傅，你就把你这亲骨肉领回去，我打光棍打惯了，再拆散你们亲骨肉，罪过！"

　　张铁匠一把抓住刘忍的手："刘哥，你替我养活了俺这两口人，我一辈子不忘你刘哥的恩情！"

　　刘忍不安地摇着脑袋："你这话会叫我难受一辈子！养活？谁养活谁？是张嫂她娘儿俩，叫我这两年才过得像个人样。"他用手指抹去了从眼角冒出的一滴眼泪，又从怀里掏出一瓶酒，打开瓶塞，把酒倒在香案上的两个粗瓷大碗里，捧起一碗，递给张铁匠，说："张师傅，祝你阖家团圆，喝了这碗！"

　　两个忽然变成了亲人的人，捧酒对视，一饮而尽。这是山里人爱喝的柿子酒，有一种苦涩的甜味。

　　刘忍把碗放在香案上，脸朝门外说："好，你们两口子好好叙叙家常。"他又慈祥地拍拍拴娃的脑袋："拴娃，你留下，好好亲亲你爹。"说着，掀开草苫子门帘，头也不回地朝夜幕中走去了。

张铁匠在刘棚搁待了三天。一位老汉给他当下手，小拴娃帮他拉风箱，给刘棚搁每户乡亲奉送了两把镰头、两张锄板，修理了所有要修的铁货。刘忍时常用赞美的目光，从远处打量着张铁匠。他感到，突然闯进他的生活、给他带来了不可弥补的痛苦的这个人，跟腊月确实是一对年貌相当、脾性相投的好夫妻。

张铁匠一家离开刘棚搁以前，腊月给她的刘哥拆洗了被褥，补好了他棉袄、棉裤上的破洞，还按照张铁匠的嘱咐，把他打铁挣来的三百元工钱，悄悄塞到刘哥的枕头底下。刘哥也亲自用柿子和面，以一个光棍汉在炊事学上的最高技艺，为张铁匠一家烙了一口袋柿面煎饼。张铁匠一家离村时，他却没到村口送行，因为这个名叫"忍"的汉子也怕忍不住突然降临的悲痛。

那是一个阳光明媚的清早，张铁匠一家"吱吱"地踏着积雪，向山下走去了。满怀着希望，也满怀着酸辛。而等待着他们的，却是另一个噩梦。

十一　破镜没有重圆

窗纸上已经映着微明的曙光，张铁匠还没有从一个噩梦中醒来。

十七年前，当他跟腊月娘儿俩走出积雪的山口，他曾取出一个鲜艳的红包裹，给腊月讲了一个年轻寡妇对他、对腊月娘儿俩的满含泪水的祝福。善良的腊月又为那个没见过面的姐妹哭红了眼睛。张铁匠跟腊月相约，让腊月先把拴娃带回娘家，等他翻修好那三间漏雨的瓦房，铲除掉院子里的杂草，就跟腊月去公社登记复婚。他发誓要像新婚时的小铁匠那样，心疼他的失而复得的妻子，心疼一对小夫妻在露水河畔的炽烈情爱中产生的儿子。好像这不仅是为了他们自己，也是为了那个把她的深沉的感情也注入腊月心中的善心的女子，为了北山后刘棚搁那个忠厚朴实的刘哥，为了那个心疼庄稼人的公社书记，为了所有活在世上的使他张银锁们、王腊月们、小拴娃们都能得到幸福和爱情的高尚的人们！

当张铁匠回到张庄的时候，一个以腊月的娘家哥王木庆为组长的"刹单干风"工作组已经进村。尽管张铁匠回村以后的第一件事，就是按照出去一天交一元五角钱、买一个劳动日的章程，向生产队会计交足了钱，但是，一个"劳改释放犯"——是的，正如摘了帽子的"右派"仍叫"摘帽右派"那样，已经由于"大搞副业单干、大刮资本主义黑风"的新罪行，而成为工作组的批斗对象了。

张铁匠又一次站在生活的十字路口，但他已经失去了选择的自由。这是咋回事啊？曾经荒芜的田野刚刚披上新绿，灾难的魔影刚刚从头顶离去，饥饿的人们刚刚吃上饱饭，失散的家人正在阳光下团聚，为什么又批判、斗争起来，自己折腾自己呢？ 张铁匠想起了牛书记，他想找牛书记问问，这叫人吃饱肚子、还叫人找到老婆孩子的政策错在哪里呢？ 但他听说，牛书记已经带着同样的烦恼，去党校学习农村社会主义教育运动文件去了，副书记夏谋暂时执掌着公社的帅印。 尽管张铁匠每逢想起夏谋的鼻梁骨，都要感到深沉的歉疚，尽管他对他的劳改犯的生涯，从来没有怨尤，但在眼下，他又产生了新的迷惘和新的愤懑。

此时的张铁匠已经懂得把愤懑压在心底，懂得当他的拳头发痒的时候，宁肯去捏碎一块砖头。 就是在工作组把他存在信用社和塞在箱子里的血汗钱全数没收的时候，他也没有皱一皱眉头，甚至若无其事地去找大队秘书，让秘书给他写申请复婚的证明信去了。

在夜幕的掩护下，刚刚被提为公社管委会委员的王木庆，走进了"劳改释放犯"张银锁的小院。

"你听着！"王木庆以训话的姿态和口吻，说道，"只要我活着，只要我还捧着公家的饭碗，你就休想跟腊月复婚！"

"为啥？"

"因为我那履历表上，那'社会关系'栏里，不能填上一个'杀、关、管'的亲属！"

张铁匠大步跨出屋门："我说孩儿他舅，我跟腊月可是两相情愿！"

王木庆倒退两步："只要我这厢不情愿，你就领不了复婚证，你就死了这条心！"他窜出大门，又转回身来宣布："从今天起，给你戴上'没有改造好的坏分子'的帽子。"

当天夜里，张铁匠急急跑到饮马桥去跟腊月会面。而满仓的嫁到饮马桥的妹子香兰嫂告诉他，腊月跟拴娃都被王木庆接到公社后院住了。一个"坏分子"进不了公社的大门。

不久，饮马桥公社传扬着一个特大新闻：王腊月已经成为夏谋的尊夫人。夏谋中年丧妻，腊月离婚待嫁，真是天作之合！

如同一声霹雳落在头顶，张铁匠被这突如其来的消息击倒了。当满仓哥向他报告这个消息时，他正在半山腰上整修地堰。一块卧牛石当即从他背上滑下来，"轰隆隆"滚下了山沟。他眼前一黑，一头栽倒在地堰旁边。

当他醒过来时，乡亲们纷纷劝说：

"认了吧，银锁，这是命！"

"认啦，认啦！"

银锁声音发直，两眼发呆。

夜里，两眼发呆的张铁匠，绕着公社大院的围墙转着圈子。香兰嫂慌忙拉住他，说："赶紧走吧，别再惹祸！"

此后，又从饮马桥传来消息说，腊月哭了三天三夜，终于从了夏谋。对此，地头评论家发表了种种高见：有的说，女人家心肠软，经不住男人的甜言蜜语，只要有一回床笫之欢，哪怕当初不情愿呢，铁石心肠也便化为水了；有的说，非也！ 如今啥事儿都叫政治挂着帅哩，你去问问女人们，"社长夫人"和"坏分子家属"这两顶帽子，她们愿戴哪一顶？ 接着又传来消息说，腊月穿着花格子线呢外套，裹着玫瑰红的头巾，坐在拖拉机的驾驶楼里，服服帖帖地跟着新郎官儿，去新郎官儿西山老家当娘娘去了。 张铁匠不信腊月变心，而关于腊月的每一个报道和评论又都在他心中引起了剧烈的战栗。 最后，香兰嫂给他捎来了腊月的确凿无疑的口信儿："忘了俺，把青龙沟的好妹子接回来吧！"

神情麻木的张铁匠没有再去青龙沟。 他一拳打碎了小风箱，又把祖传五代的铁砧子，"咚"地扔到了红薯窖里。 后来，他时常在夜阑人静时出现在山野上，像夜游神似的四处闯荡着，如同在寻找一件无法找到的东西。

一天大清早，乡亲们在山坡上发现了他。 他正歪倒在一个树坑里呼呼酣睡，身边扔着一个酒瓶。 一只吃了他的呕吐物的野狗，也醉倒在他的身边。 在他的鼻子上，叮着一只快活的绿头苍蝇。

评论家又发表评论说：

"这是张铁匠吗？ 不像不像！"

"可不就是他，可他，不是他啦！"

令人不解的是，树坑里还有一堆冒着青烟的灰烬，灰烬里有着鲜艳的红布的碎块，像火一样刺激着人们的眼睛。

十二　影壁墙上画门神

　　"吱呀"的开门声，"吐噜噜——嗵"的放辘轳声，谁家半导体收音机里传来的花腔女高音——如同张庄评论家所说，像是被谁胳肢了一下的"咯儿咯儿咯儿"的唱歌声，使得张铁匠从一场噩梦中醒来了。

　　雄鸡们正用高亢和雄浑的、悠扬和喑哑的报晓声，从每个农家院里参加到这个热闹的合唱中来，宣告着总是具有某些新鲜内容的一天的开始。

　　只有张家小院里是寂寞的。

　　张铁匠朦胧中想起了儿子。是的，儿子回来了，他已经不是骑在他脖子上去饮马桥赶集的小拴娃，不是那个爬在山崖上采摘酸枣的小拴娃，不是那个被他娘带到夏副书记老家的可怜的"带犊儿"小拴娃，而是忽然出现的高中毕业生张铁拴了。他撇下他的娘，来当爹的儿子，可他那孤苦无依的娘，还值得接回来吗？

　　大门"吱"地响了。不知是什么时候已经起床的铁拴，担着水桶，一闪一闪地走进门来，把水倒在灶火棚跟前的小水缸里。他把钩担挂在墙上，把水缸盖儿盖上，把水桶口朝下扣在水缸旁，又慌忙钻进灶火棚，把玉米糁搅到锅里，用勺子搅了两圈儿，盖上了锅盖儿。

　　透过窗棂上的一小块玻璃，张铁匠暗自观察着这一连串日常生活中可以看到一千次以上的平凡无奇的动作，心里却涌动着一股暖流。他感到这个小伙儿已经毫无疑义地成了他的儿子，而且是一个懂得体贴长辈的、手脚麻利的儿子，只是搅玉米糁的动作有些笨拙，甚至叫开水烫住了指头。他把指头放在嘴里吸吮着，像一个稚气未脱的孩子似的摔了勺子，好像在说，这活儿本来应该是俺娘干的！

张铁匠走进了那座靠院墙搭起来的铁匠棚里，发现那里已经生起了炉火，清扫了地面，那个道光元年的铁砧子——在红薯窖里扔了十六年而又刚刚用了一次的铁砧子，也被砂纸打磨得锃亮，恢复了固有的尊严和光辉。

"我说银锁，合同书上按好指印啦？"王满仓问着，从院墙上探头打量着整顿一新的铁匠棚，又兴冲冲地踅过来，说，"有了铁拴这个帮锤的，你这'铁匠专业户'择吉开张，叮叮当当，老张铁匠在地底下听见，也会笑眯眯地翻个身儿，咕容咕容！"他又一伸手说，"合同拿来！"

"还没按指印儿。"张铁匠不无歉疚地说，"满仓哥，你也不是没有耳闻，不少人说这政策兴不了几年，要是运动一来，又说这是副业单干，咱俩的指印儿就是抹不掉的证见！"

满仓指着自己的鼻子问道："银锁，你连我这个老哥也信不过？"

"不是信不过！"张铁匠递给他一个忧戚的眼神，"就怕到时候你管不住政策，倒叫政策把你管着！"

铁拴从灶火棚里走出来，说："爹，没有不变的政策，俺学那辩证法儿就是叫变哩！ 可只要变到群众心窝里，只要不把黑的变成白的、香的变成臭的，就叫它变去！"他又扑闪着明亮的眼睛，总结说："啥叫政策？ 政策就该是咱群众的'心里想'，为的是提提咱群众的心劲儿，也叫咱这铁匠炉里的火苗苗往上蹿蹿！ 不管别人咋说，我就不怕那邪的歪的！"这位高中生发表了使爹爹大为叹服的宏论，又从兜里掏出一个小本儿，念了一长串本村社员的姓名，说："刚才在井台上，就有十八户社员向咱定制铁货，其中，镰刀三十五把，锄板二十三张；还有喂牲口户，要咱做那啥'虎头牌'、牛铃铛；还有人问咱给不给骡马打铁掌。"铁拴瞅爹一眼，用指头捣着小本儿说："看看，这就是群众'心里想'，辩证法儿再变，也得根据我这唯物论！"最后，又以张铁匠的全权代理人的姿态，说道："爹，这指印儿我替你按上，要是以后挨批，就叫他找我张铁拴！"

王满仓十分钦佩铁拴理论之精辟和调查之深入。 他愕然地也是赞美地瞅瞅铁拴，又惬意地瞟了张铁匠一眼，说："我就佩服铁拴这'政策脑瓜儿'，喜欢他这老一辈人比不上的'嘎嘣脆'！"他又用嘲讽的眼神望着张铁匠，问道："咋样？ 就叫铁拴当当你的外交部长，往那合同书上按一下吧？"

"容我再想想。"张铁匠也用赞赏的目光望着儿子，但他想起了腊月，又露出阴郁的眼神，自语说，"容我想个两全之策。"

王满仓不解地与铁拴对视了一眼，叹口气说："中，我再等你一天！"

这天上午，张家小院里响起了清脆、急骤的打铁声。当爹的十分赞赏儿子的膂力和机灵劲儿。他不时地用铁钳在铁砧子上翻动着火红的毛坯，用小锤的击打，指示着大锤的方向。那大锤如同长了眼睛似的，锤锤落在小锤指示的地方。父与子产生了劳动的默契，那是感情的交流，是两颗心在同一节奏中的和谐的鸣响。

"谁给你讲过打铁的诀窍？"当爹的问。

儿子瓮声说："俺娘！"

在响亮的打铁声中，张庄社员传扬着："飞镰张"家好福气，他那离了婚的媳妇，给他送来一个会打铁的秀才，他在他家那影壁墙上写了字儿……

"啥字儿？"

"'政策字儿'，意思深着哩！"

"走，咱去见识见识。"

一群青年男女悄悄拥到张家门前，只见那洁白的影壁墙上，写着几行端正的红字：

采用包括"定工定值、超值归己"在内的各种有效形式，充分调动农村"五匠"的生产积极性，恢复和发展群众喜爱的传统名牌产品，对于促进农业生产的发展和农民生活的改善,具有不可忽视的重要意义。

——摘自省委〔1981〕5号文件

"咦咦!"青年人赞叹着,"到春节,咱村不愁没人写对子!"

有人评论说:"这是'政策字儿',好比那扛大刀的门神,提防着小鬼儿。您铁匠叔打着铁,心里也踏实。"有人感叹说:"早有这'政策字儿',往这影壁墙上一写,张铁匠也不会妻离子散!"

大家说着,拥到了铁匠棚前。闺女们都偷眼望着那个新来的、光着脊梁抡大锤的小伙儿,如同当年初级社联办的水库工地上,闺女们偷眼打量那个快乐的小铁匠一样。而眼前,当年那个小铁匠的额头上已经出现了两道深深的皱纹,眼睛里再也看不到活泼、明亮的目光了。眼下还没有皱纹的小铁匠,也没有露出欢乐的神采,只有无声的热汗伴随着锤声的叮当。

人群里,快嘴闺女王彩香开始发表评论:

"我看这铁匠棚里还少一样!"

"少啥?"

"少个拉风箱的。"

"算你有眼!"满仓嫂从墙头上伸过脑袋,"他银锁叔,你这'专业户'啥都有了,就少个知冷知热、烧火做饭、缝缝连连的内当家。一天三顿饭,就够你爷俩忙活!

我说银锁，把铁拴他娘接回来吧，咱张庄有现成的响器班，叫俺家老二给你当当'炮手'！"

她家老二当即从人群里站出来，一挺胸脯说："能行！"

年轻人都"哄"地笑了。

铁拴暗暗瞅爹一眼。爹却撂下火钳，朝年轻人挥着手说："去，去，都干正经活儿去！"

十三　儿子的辩护词

年轻人离开了张家小院，却给张家小院留下了忧郁和烦闷。快嘴彩香的评论和满仓婶的提议，增添了铁拴的烦恼，而爹的扔下火钳、赶走年轻人的态度，又增添了他的愤懑。

"爹！"铁拴终于发作了，"你到底为啥不愿把俺娘接回来，我一百个想不通！"

张铁匠用火钳夹着镰头蘸火，头也不抬地说："孩子家，少管长辈儿的事！"

铁拴丢开风箱把手，猛地站起来，说："爹，你跟俺娘的事，我就得管。我在咱家也有发言权！如今政府给你平了冤，给咱家铁砧子平了冤，我也得管管俺娘的冤案。爹就是省长，也得见见我这个'上访人员'，听我说说俺娘的苦情。爹，你听着！……"铁拴说着，一滴眼泪掉下来。

张铁匠骇然地望着儿子，听着他那不合常规而又合情合理、不合儿子的身份却又使他挑不出毛病的道理，忍不住扔过去一条毛巾。

铁拴用毛巾拭去眼泪，气恼而又伤心地说："难道俺娘当真是那负心人，难道俺那不要脸的大舅当真能支使俺娘的心，难道俺娘当真怕跟着你受苦受罪受连累？ 俺娘一天也没忘记你！"

拴娃清楚地记得，那年在公社后院里，当他娘听他大舅说那个"劳改释放犯"又被扣上"坏分子"的帽子时，他的娘把唾沫啐到他舅的脸上，她用手撕他，用头撞他，叫他把"坏分子家属"的帽子给她戴上，放她跟拴娃回张庄去。 而那位大舅却表现了"骂不还口，打不还手"的宽宏大度，从兜里掏出一卷道林纸，把纸展开，说："妹子，你跟咱夏社长有缘，他从你当闺女的时候就想着你，这是你跟夏社长的结婚证，法律要管教坏人，也要保护好人的婚姻。"

腊月疯了似的冲上去，要夺那张盖着朱红大印的结婚证，她要扯碎它，摔到尊兄长一本正经的脸上。 吓得她哥把结婚证高高举过头顶，踮起脚，蹦着跳着，逃出了屋门。 当门上"当啷"一声落了锁的时候，腊月已经晕倒在地上。

然而，这就是腊月的新房。

新婚之夜，新房里传出了新娘的叫骂声、新郎的呵斥声、新娘和新郎的扭打声，然后，一切归于沉寂。 死一样的沉寂，掩盖着疯狂和罪孽的沉寂啊！

次日，新郎官儿走出新房的时候，颇有得意之色。 但在他那曾经被张铁匠一拳打歪的鼻子和多肉的脸颊上，增添了几道带血的伤痕。他笑着向人们解释，那是一只小猫的爪子抓的！

"妹子，你听我说！"娘家哥提醒哭肿了眼睛的腊月，"你要是不给夏社长好日子过，张银锁也不会有好日子过，你好好掂量掂量！"

此后，腊月和她的"带犊儿"小拴娃，就被一台轮胎式拖拉机送回新郎官儿在县西山区的老家去了。他们的婚姻已经受到法律和习俗的保护。娘家哥王木庆履历表的"社会关系"栏里，已经用相当于报纸上一号字的字体写着：妹夫夏谋，公社党委副书记兼社长。此后不久，在他履历表上"担任何种职务"一栏里，又用相当于报纸上二号字的字体写着：公社党委委员兼副社长。

而拴娃从小学到中学的注册表上，一直填写着"张铁拴"。娘告诉他，不要忘记这个"张"，这是县东张庄生产队"飞镰张"的"张"，是那个被剥夺了掌钳的权利而自己却被火钳夹着、不能打铁而自己却被夹到铁锤和砧子之间，经受着命运的不断捶打的苦命铁匠张银锁的"张"啊！

姓"张"的铁拴悲愤地向爹爹诉说着一个爹爹不知情的故事，使他透过十多年的迷雾，望见了腊月的眼泪、腊月的抗争、腊月为了疼他爱他而委曲求全的妻子的心。张铁匠多年筑起的感情的堤坝，受到了猛烈冲击而开始动摇，被禁锢在堤坝里的对腊月的爱情就要破堤而出了。然而，一个中年汉子的理智告诉他，这只是一连串奇特故事中的一个，而发生在"文化大革命"中的另一个奇特的故事，仍在张铁匠的心头蒙着不可驱散的魔影。那时候，有多少美好的灵魂受到扭曲，有多少善良的性格被激起仇恨，有多少邪恶的行尸在疯狂地舞蹈，产生了多少荒谬绝伦而又确凿无疑的丑闻啊！他的不属于他而又占据着他的腊月，也曾卷入这场动乱，彻底打碎了张铁匠想她盼她的痛苦而又甜美的幻梦。

儿子啊，你能解开爹最后一个疑团吗？你这个张家的、有投票权的合法公民啊，有勇气为一个好母亲的堕落投你的赞成票吗？

十四　古堡里的魔影

那是一件不被众人知晓的往事。

晚上，当张铁匠决心向儿子叙说这件往事的时候，王满仓又悄悄踅过来，神秘地眨着眼睛。

"她来啦。"满仓小声说。

"谁？"银锁一愣。

"铁拴他娘。"

"她？"

"她！"

"她来干啥？"

满仓生气地翻他一眼："还用问？她想跟铁拴他爹、你这位姓张名银锁的狠心人见上一面！"

张铁匠怔了半晌，又冷冷地说："还是不见了吧？"

"你是个无情无义之人！"王满仓气得头上冒烟，连连在院子里踅着圈子，"人家把儿子送给你，又大老远地跑来看你，就因为人家忘不了夫妻缘分！她有啥对不起你？她跟了那个姓夏的，是她哥心歪，是姓夏的歹毒，她这些年的日子是咋过的，你该知情！"

"我知情！"张铁匠满腹的委屈一下子爆发了，"那年在王家堡，我试过她的心，亲眼看见她变成了啥样的女人！"他眼里喷射着愤怒的火光，大声说："满仓哥，你听着！"

那是公元 1974 年春天的一个晚上，两个来路不明的人，把张铁匠带到王家堡去了。

"叫我去干啥？"

"叫你去赎罪。"

"咋赎俺的罪？"

"打铁！"

一听说打铁，张铁匠为之心动了。掰指头算着，自从他一拳打碎了风箱，并把道光元年的铁砧子扔到红薯窨里以后，整整十年没有摸过铁锤、火钳了。但他有着庄稼人使不完的精力，心胸里时时升腾起熊熊的炉火，脑海里也时时震荡着锤声的叮当。当他感到技痒难耐的时候，就用他那生铁疙瘩般的大拳头猛烈地捶打石头，那块驴皮青的捶布石竟被捶成了碎块。 眼下，他已经通过三道扛着铳枪的门岗，被带到一座戒备森严的古堡后院，在几盘冒着火苗的铁匠炉前站住了。 那通红的炉火使他肌肉紧缩，热血翻滚。 他甩甩胳膊，蹲蹲双腿，浑身筋骨发出了"咯巴巴"的响声。

这时，从倚着后山盖起的一座顶端垒着墙垛子的青砖楼里，传出了划拳笑闹声。 饮马桥公社"无产阶级革命派"中分裂出来的"反夏派"，正在庆贺活捉他们昔时的首领、今日的政敌——公社革委会主任夏谋的伟大胜利。 "保夏派"却在饮马桥公社大院里集结，准备采取军事行动，武力夺回夏谋，誓死捍卫红色新政权。

"反夏派"的首领——一位荣任公社革委会副主任的卖狗肉的，离开酒宴，接见了奉命赶来的张铁匠。

"我说哥们儿，你就是张庄张铁匠张大师傅吧，瞧你五大三粗的，像个有种的硬货。 小弟我也姓张，小名狗闹，咱哥们儿五百年前是一家，我查过家谱。"哥们儿寒暄过后，便布置任务说，"如今正批判孔老二，反对克己复礼的悠悠万事，姓夏的老狐狸一肚子悠悠万事的坏水儿，正是咱哥们儿要奋斗就会有牺牲的节骨眼儿上。 请你老哥来，就因为对你老哥的铁匠手艺早有耳闻。 我把一伙半拉子铁匠交给你，赶明儿，你得拿出一百个铁枪头来。 要是干得痛快，那'坏分子'的帽子，我给你抹掉；这兵工厂厂长的官儿帽，我给你戴上！"

张铁匠以一个"坏分子"接受训话的姿态，恭敬地立正站着。

"俺斗胆问一声，你说那老狐狸是谁？"

"就是霸占了你老婆的那个坏货！"

"是他？"

"要不，也不请你老哥来。"

"那铁枪头，是要往谁身上戳？"

"老狐狸的走狗！"

"这些年搞武斗，我眼见耳闻不算少，挨枪头的，可差不多都是跟着头头瞎慌张的老百姓。"

"你说啥？"张狗闹一下子没有听懂。

"我是说，"张铁匠照旧恭顺地站着，"俺祖先没传过这手艺，俺张家这铁货，是为了叫庄户人家从土里多刨弄点粮食。"

"你再说一遍！"张狗闹好像不相信自己的耳朵。

"俺就这么说吧，"张铁匠认真地斟酌词句，"要是你叫俺领着这伙弟兄，赶明儿打出来一百把镰刀，给你这手下人一人一把，叫他们赶紧回去割麦子，那没说的，俺决不含糊！"

"不识抬举的货！"张狗闹终于听懂了，但他不解地问，"肉头货，你不恨老狐狸？"

"提起他，俺这拳头直痒痒！"张铁匠目光一闪，"可俺不想叫那跟着他瞎慌张的老百姓当他的替死鬼儿！"

张狗闹以意外亲切的口气说："老好，那我就再奉送你一顶帽子，那不锈钢的'反革命'帽子，你老哥一辈子戴不烂！"接着，又大声喊叫："来人，把他关起来，上绳！"

"老好！"张铁匠似乎很赞赏这个决定，"可你别忘了，哥们儿，五百年前咱是一个老祖宗！"

张铁匠被关在一间潮湿的小黑屋里，用那种名叫"老头看瓜"的姿势，背绑着手腕，高吊在大梁上。他没有挣扎，也没有呻吟，好像他久已习惯了用这种姿态做人。当他望见小窗口上映着一个女人的头影，向小屋里悄悄张望的时候，还表示欢迎说："看吧，大嫂，动物园里的'四不像'！"

女人的头影倏地离开窗口以后，张铁匠才来得及对于刚才经历的一切进行冷静的思考。怪呀！那年春天，他亲眼看见戴着红袖箍的张狗闹和夏谋并肩站在一辆大卡车上，给牛书记挂上黑牌子，叫他站在卡车厢里的一个大方桌上，游乡批斗。在夏谋的批判发言中，还着重指出牛书记亲自支持一个"劳改释放犯"大刮单干黑风的严重罪行，把嗓子都喊哑了。牛书记就是在那次游乡批斗时，从汽车上一头栽下来，再也没有爬起来。夏谋还连连晃着脑袋，说啥"轻于鸿毛，轻于鸿毛！"后来成立革委会，听说有人提出了适于宰狗、卖狗肉的张狗闹是否适于担任革委会副主任的问题，夏谋当即指出，为汉刘邦立下了汗马功劳的一员武将，就是一个卖狗肉的，又接连举出了古时候卖过狗肉以及跟卖狗肉的交过朋友的几位义士。于是，张狗闹理所当然地当上了副主任。可眼下，夏谋跟张狗闹又为啥变成了冤家对头？由于那种"老头看瓜"的姿态妨碍了张铁匠的思考，这个问题便如同挽在他身上的麻绳疙瘩，跟他一起，高高地悬起了。

使张铁匠更为惊讶的是，没有多久，又来人把他从梁上放下来，松了绳，连说"得罪得罪"，带他到青砖楼下的酒席宴上去了。

张狗闹指着一把罗圈椅说："请坐，张大师傅！"

张铁匠搓搓手腕，若无其事地坐下了。

"算你有种！"张狗闹吩咐一个瘦小的汉子，"快给张大哥斟酒压惊！"

张铁匠捧着一大碗"林河大曲"，一饮而尽。

"好酒量，再来一碗！"

张铁匠却推开酒碗，说："大本家，我不爱喝哑巴酒，再说，大本家这酒也不是好喝的，你叫我有啥事，尽管说。"

"没啥大不了的事。"张狗闹说，"只是想请你再打一块铁。"

"打啥铁？"

"打打老狐狸这块铁！"张狗闹又说，"这叫有冤申冤，有仇报仇，也叫我这文工武卫队员，看看老哥你的好拳头！"

张铁匠一扬眉毛，又接过一碗酒干了，一抹嘴说："可我就怕俺这拳头不敢打这块铁。"

"为啥？"

　　张铁匠就地拾起一块砖头，用左手拿着，右手猛劈下去，"咔"的一声，砖头断为两截。他又扔了砖头，说："我就怕他那块铁，没有这块砖头结实！"

　　酒席桌旁的哥们儿先是愕然相视，继而起劲地喊叫：

　　"好样的，今天就要看看你这好拳头！"

　　"打了这块烂铁，就把老婆还你！"

　　"哈哈！"张铁匠笑了，他已经有了七分醉意，摇摇晃晃地站起来，"我没给你打、打枪头，你想叫我当、当枪头，对吗？"

　　嘈杂的人声立即肃静下来。

　　张铁匠又"哈哈"地笑着："中，我就打、打、打打这块铁！"

　　"好样的！"张狗闹又急忙吩咐那个瘦小汉子，"快去给老狐狸开锁！"

　　瘦小汉子一言不发地去了。

　　"好好，咱都去楼顶上观摩观摩！"张狗闹和他哥们儿都"噔噔"地上楼去了。

　　张铁匠站起身来，像一头即将搏斗的雄狮，在屋子里踅着圈子，把手指头捏得"咯巴巴"响。

　　瘦小汉子走回来，像发疟子似的打着哆嗦，指着对面一间亮着灯光的小屋，说："去吧，做这种铁匠活儿，有你的好果子吃！"说罢，也"噔噔"地上了楼。

　　仇恨的烈火在张铁匠的心胸里燃烧着、升腾着。这个可

怜的被酒精麻醉了清醒理智的汉子，没有理会那个瘦小汉子
的话，忘记了法律的尊严，甘冒掉头的风险，跨出屋门，向
小屋大步走去了。

突然，一个人影儿从他身后闪过来，拦住了他的去路。
这是一个女人，一个云鬓蓬松，涂脂抹粉，穿着鲜艳服装，
围着蓝底儿白花水裙，与这个杀气腾腾的武斗据点极不协调
的女人。张铁匠用醉眼盯视着她，感到一阵恶心。

"不能打他，你不能啊！"女人小声哀求着。

张铁匠吃惊地站住了。这个醉汉还能听出来，这是腊月
的声音。他没有料到这个打扮得花红柳绿的女人竟是腊月，
她在毫不掩饰地保护她的歹毒的男人。张铁匠鄙弃地甩开了
腊月，照旧迈着大步朝小屋走去。

他的腿又被腊月紧紧抱住了："银锁哥，你就饶了他
吧，看在我面上，为了咱拴娃，也为了你自己，饶了他
吧！"她小声而急切地哀求着，趴在张铁匠的脚下，期待着
他的宽恕。

张铁匠对腊月多年的相思全部化成了憎恨。他感到，这
是一个为了她的歹毒的男人而向他叩头下跪的下贱的女人，
是一条死死纠缠着他的水蛇。"呸，骚货！"他愤愤地骂
着，拔出腿来，踉踉跄跄地向小屋走去。

张铁匠已经临近了小屋。透过窗口，他看到歪鼻子夏
谋，正用恐惧、惶惑的目光盯视着他，如同盯视着一个步步
逼近的死神。

张铁匠即将迈步进屋，他在想："打这块破铁，该从哪儿下手呢？"而这时，腊月却抢先半步，冲进屋门，用那种最机灵的女人才会有的快速、连续的动作，"咚"地关紧屋门，又"唰"地插上了门闩。

"滚吧！"腊月在屋子里大声叫骂，"你个劳改犯，你个坏分子，你个不要命的该吃枪子儿的货，留你一条命，打你的铁去吧，快滚，给我滚远远的去！"

"臭娘儿们！"青砖楼顶传来叫骂声。

张铁匠像一头发疯的老犍，癫狂地用肩膀猛撞着屋门，"砰嗵砰嗵"，声震屋瓦，整个古堡都在震颤。但随着腊月的叫骂，他的猛烈的冲撞渐渐失去了动力。他的下意识告诉他，已经没有必要为着一个变了心的邪恶的女人去打这块"铁"了。

"他娘的！一个大男人硬是叫一个女人给治啦！"哥们儿在青砖楼上骂着，向楼下跑着。

张铁匠背后传来了急促的脚步声，一只手推搡着他："还不快跑，他们饶不了你！"这是那个瘦小汉子的声音。

张铁匠脚蹬窗台，纵身一跳，攀住了丈把高的墙头。当他就要越墙而去的时候，还骑着墙头，朝小屋窗口里啐了一口唾沫："呸，不要脸的女人！"

张铁匠讲完这个惊心动魄的故事，满仓和铁拴都陷于痛苦和沉默之中。

"你们都明白了吗？"张铁匠从泡桐树下站起身来，用拳头"嗵嗵"地擂着胸脯，"那回我算彻底看透了那个女人的心！"

经过长久的期待，腊月从满仓家里哭着走了。满仓的妹子香兰——腊月跟小铁匠结亲时的保媒人，无声地陪伴着她，却没有勇气向她细说张铁匠不愿见她的根由。下弦月像一柄通明的"张家镰"，映照着腊月脸上的泪水。她想起，儿子铁拴也没来满仓家里看看她，就忍不住"呜呜"地哭出声音来了。

十五　小个子庄稼汉的讲演

次日，张家铁匠棚里的锤声，变得缓慢而沉闷了。

整整一个上午，父子俩没说一句话，心里却像风箱催起的火苗那样燥热，那样不得安宁。

后响，儿子终于赌气地扔下大锤："我不信，爹，我不信俺娘是那种人，一百个不信！"

当爹的没有辩驳，只是郁闷地眨了眨眼睛。

铁匠棚里沉默了。铁锤不再"叮当"，风箱不再"呼嗒"，炉火不再闪光。

"铁拴，你听我说，"当爹的用严肃的口吻，宣布了一个显然经过他深思熟虑的"两全之策"，"要是这政策当真不变，你就跟着我学两年打铁的手艺，等我给你说上媳妇，你们两口就去跟你娘过，这祖传五代的铁砧子，连这'飞镰张'的铁戳子，爹都传给你！"

"多谢父亲大人！"儿子说。

"这孩子！"当爹的一愣。

"可我就是不信！"铁拴再次发作起来，光着脊梁走出了铁匠棚，"我现在就回饮马桥，我得亲自向俺娘问问真情。"

铁拴转身走出去时，却和急急走来的王满仓撞了个满怀。满仓身后，跟着一个四十岁上下的小个子庄稼汉，还有满脸惊慌神色的香兰。

"银锁，"香兰慌张地说，"俺腊月妹子……"

"先别说那！"满仓急忙打断了香兰的话。

"俺娘咋啦？"铁拴焦急地问。

"不咋不咋！"满仓连声说着，又转身数落那个瘦小汉子，"你也不用慌张，你就一五一十给银锁说说，不能老叫他钻在闷葫芦里！"

张铁匠纳闷地望着瘦小汉子，疑惑地问："老弟贵姓？"

"咦，你把俺给忘啦？"瘦小汉子胆怯地瞅瞅大门外，"咱们屋里说，屋里说。"

大家在屋里落座以后，瘦小汉子惊慌地眨动着圆圆的眼睛，发表了出人意料的长篇演说：

"铁匠哥，你再仔细看看我，好好看看，我就是那年在王家堡酒席宴上给你斟酒的不争气的货，饮马桥二队撤了职的保管李二娃。

"怪俺那两年不懂时事，不知道跳到那'文化革命'的大风大浪里头'打扑腾'，可不是闹着玩儿的！ 也因为那个姓夏的坏货逼死过咱们公社的老书记，我看他不是东西，就稀里糊涂跟着张狗闹当了'反夏派'。 岂不知，张狗闹跟姓夏的都是歪嘴和尚吹喇叭———一股邪气儿。 他俩闹翻脸，就因为张狗闹对他当副主任的'副'字儿不满意，姓夏的又抓着他那个'正'字儿不撒手。 张狗闹就串联一伙子姓'副'的法家，专批姓'正'的孔老二。 他许下口愿，只要整掉姓夏的，抽他上台，他就叫哥们儿一个个都升官，他跟上头通着气儿哩！

"俺'副'也不'副'，压根儿也没有姓'正'的想头。 俺觉摸着，俺当这百家姓里第四家就算不赖！ 张狗闹看中俺，是看中俺裤腰带上那串钥匙。 俺二队仓库里的白面、香油、绿豆粉条，他可没少吃少拿！ 不瞒你说，俺也跟着喝两盅，坏了良心，享了口福。 要是有人用鞋底打俺的嘴，那俺就把嘴伸过去，求他多打两下，使劲儿！ 要不，俺这嘴就得当那没有改造好的'四类分子'！

"咦咦，话扯远啦！

"再说那回酒席宴上，张狗闹说，哥们儿，姓夏的坏货不除，'保夏'势力不散，咱们姓'副'的哥们儿，还得窝囊半辈子。 姓夏的那年整死了老牛头才当了一把手，咱也得用用他的办法儿，砍了'保夏'势力这杆旗，叫他们来个树倒猢狲散。 啥办法儿？ 我的老天爷！ 他问我仓库里有闹老鼠的药没有。 我说，啥？ 你要闹老鼠，我就给你逮个大狸猫来。 张狗闹骂我是废物，又叫别人找麻绳，要把姓夏的吊到梁上，说他畏罪自杀。 那人说，不中不中，我小时候碰见过吊死鬼，一见麻绳，腿就打弯儿！ 我看还是叫张铁匠打打这块‘铁’，只要看看姓夏的鼻梁骨，就知道张铁匠是个打铁的好手。 把他灌个半醉，这块铁就会变成烂泥！ 万一活儿没干彻底，咱再私下里帮帮锤，补补课。 要是追查此事，咱就一口咬定，是张铁匠为报夺妻之仇，犯下了杀头之罪！

"他们正在商量，屋门外‘当啷’一声响，他们都吃了一惊！ 我出门一看，是腊月。 她愣愣地站在那儿，把一个盛菜的盘子打了。 我推知腊月听见了内情，会给她惹来大祸，急忙推她走开，回屋说，外边风大，把房檐上的瓦片刮下来了，这才掩盖过去。

"说起腊月，我这不争气的鼻子就有点儿发酸。 他们把腊月从县西揪来，说是姓夏的霸占民女的罪证，要把她拉到批斗会上，往姓夏的脸上抹黑。 张狗闹成心欺负腊月，叫她穿上宣传队那花红柳绿的戏衣，当那啥阿庆嫂，下灶帮厨，端菜侍候，还逼着她在酒席宴上唱那啥‘摆开八仙桌，招待十六方’，把腊月逼得直哭，他们却拍着巴掌笑！

"铁匠哥，我不敢说你有啥不是，可你两碗酒下肚，就上了人家的圈套。 你这不要命的老哥，当真长着不透气儿的实心眼儿，要不，就是那不是人过的日子把你折腾够了，你不想活了。你说，'我就打、打、打打这块铁！'铁匠哥，我没错说你吧？

"我去给小屋开锁时，腊月虽说不认识我，可她一把拉住我，苦苦哀求，叫我给你醒醒酒，别往火坑里跳，叫我可怜可怜你这没人心疼的人。她，她给我跪下了。老哥，说真格的，她给我跪下磕头，一下、两下、三下，我仰着脸，不敢看她，真格的，我不敢……"

李二娃擦把眼泪，又接着说："腊月拦你、劝你、求你、骂你，那是她疼你、向你、护着你！可你骑到那墙头上，还骂她'不要脸的女人'，她有苦，向谁说？"

李二娃忍不住站起来，哭着、喊叫着："你们知道她受那磨难有多大吗？你们见过一个妇道人家能忍受多大苦楚吗？一个女人……一个瘦骨伶仃的女人……能为她疼过的男人……受那样的磨难，我没见过！铁匠哥啊，就在你逃走后，那帮丧尽天良的坏货，说腊月不愧是'保夏'的铁杆娘子，扒了衣裳，吊到树上，离地三尺，用蘸了水的麻绳抽她，用香烟头烧她，可她咬紧牙关，没哼一声。我没见过这样痴心的女人！"

张铁匠沉声不吭地听着、焦灼不安地听着、神色骇然地听着、泪流满面地听着，最后，为了不让自己跟儿子一起哭出声来，他趴在膝盖上，用胳膊紧箍着脑袋，而他的肩膀，他的整个儿蜷缩成一团的身体都在猛烈地、不可遏止地抽动。

香兰用袖子揾揾眼泪，接腔说："银锁，我说了，你也别再添难过！昨日你不跟腊月见面，叫她伤透了心，她回到家里，就把麻绳套到梁上……"

张铁匠猛地站起来，目光发直，面如死灰。满仓急忙扶住他："别怕别怕，她没'走'成，她'回来'啦！"

铁拴哭着问："俺娘咋啦？你说呀！"

香兰说："孩子，你也别怕，亏我多长个心眼儿，听见她屋里板凳一声响，我就知道不好！"香兰从兜里掏出一张纸，递给铁拴："看看吧，孩子，这是你娘钻到绳套里以前给你留的话。"

铁拴看罢，又把纸条塞到爹手里，伤心而恼怒地向爹叫着："你也看看吧，好爹！"

纸上用铅笔歪歪斜斜写着：

拴娃，跟着你爹，好好打铁。

张铁匠看罢，"噼噼啪啪"打起自己的脸来。

"铁匠哥，"李二娃急忙拉住，认真劝说，"你就给我留下两巴掌，朝我脸上打吧！要不是腊月寻短见惊动了饮马桥，要不是香兰嫂诉说了腊月寻短见的苦情，王家堡那事，我会隐瞒一辈子，我怕揭批查，老哥！如今，那姓张、姓夏的坏货虽说都叫抓起来了，可腊月对你这一片痴心，只有我知道。要是腊月这回当真'走'了，我来生变牛变马也赎不完俺的罪！"

张铁匠突然站起来，神情麻木地走出了屋门。

满仓急忙跟出来，拉住他问："银锁，你这是干啥？"

张铁匠大滴大滴地掉着眼泪："我去看看腊月，去接俺拴娃他娘！"

十六　从头过吧，好腊月

经历了二十二年相思的折磨和痛苦的煎熬，张铁匠和王腊月终于复婚，找到了原本属于他们的幸福。

在张铁匠的坚持下，迎亲仪式是按照新时兴的迎娶黄花闺女的规矩隆重举行的。四十三岁的新娘王腊月，在四十八岁的伴娘王香兰的陪伴下，羞赧而凄伤地坐在手扶拖拉机上，走过了二十四年前曾经走过的道路。唢呐的欢快而昂扬的吹奏声和震撼山岳的放铳报喜声，如同庄严而高亢的召唤，召唤着曾经失去的青春。

没到张庄村头，腊月就提前下地步行了。成群结队的男女乡亲，聚集在村头和张家小院的门口，用喜悦和感伤的、亲热和好奇的目光，迎接腊月的归来。当腊月温柔而凄情地跟乡亲们打着招呼的时候，几位小脚大娘忍不住坐到地上，用衣襟捂住脸哭了起来。

据说，腊月的娘家哥由于在"文化大革命"中对两派组织都保持着用木匠尺子量过的等距离关系，至今仍担任公社副社长的职务。 在腊月这次过门之前，他曾向腊月提出比警告性质稍轻一些的劝告："听着，妹子，说不定三年以后要重新划成分，搞二次土改，跟着'火里求财'的'冒尖'户，不会有好果子吃！"腊月把他推出屋门，说："哥，俺一家三口都等着，等你去张庄开俺的斗争会！"

于是，在张铁匠和王腊月的复婚之夜，夫妻俩叫来了儿子铁拴，在那张本来只需要户主按指印的"铁匠专业户定工定值合同书"上，按上了一家三口的指印儿。 腊月又把马灯掂到铁匠棚里，让银锁在那些明天一早就要出手的镰刀、锄板上，砸上了"飞镰张记"的钢印儿。

夜深人静时，四十五岁的新郎和四十三岁的新娘偎依在灯光下，脸挨脸照着镜子。

腊月凄然说："银锁，咱老啦！"

银锁说："咱不老，腊月，咱往后不会老啦！"他轻轻地从腊月的乌发中扯去一根银丝，忍不住哽咽了一下："从头过吧，好腊月！"

1981 年 8 月初稿于广州、10 月修改于郑州

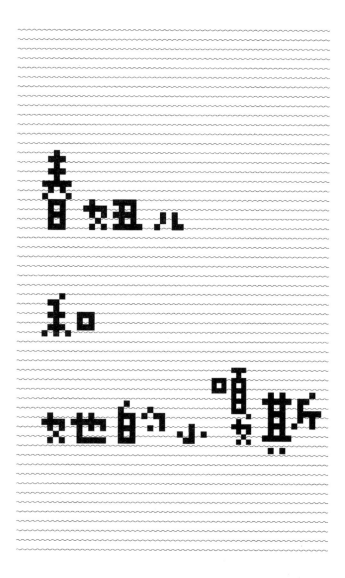

一

　　春妞儿把她的小嘎斯开出杨树坪的时候，公鸡才叫了头遍，整个大地正在黝黑的苍穹下沉睡，只有村里的狗在"汪汪"地吠叫，责怪春妞儿和她的小嘎斯，扰乱了村庄的安宁。

　　狗吠声没有破坏春妞儿的兴致，她已把小嘎斯驶上铺着厚厚一层沥青的"省级干线公路"。车灯照射着停在路旁的一辆卡车，趴在方向盘上打瞌睡的司机，显然被小嘎斯的马达声惊醒了。他揉着眼睛，把脑袋伸出驾驶室的窗口，手搭遮眼罩，避开刺眼的灯光，向春妞儿打量了一下，慌忙发动了汽车。

　　尾随而来的汽车引起了春妞儿的警惕。

　　"他好像有意在村口等着你哩！"她在提醒自己。

　　"说不定是个跑远途的，停在村头打个盹儿。"她又在反驳自己。

　　"那他为啥盯着你？"

　　"谁叫你把人家闹醒了，人家也要赶路哩。"

春妞儿已经解除了自己的疑问，开始感受着夜间行车的快意。她觉得，她是用她的车灯的光亮，在黑沉沉的湖底钻一个洞，黑暗在不住地退却，又像捉迷藏似的从飞驰而去的汽车两旁包抄上来。星星却像冻结在昏暗的穹隆上，温存地闪烁着清冽的光，忠实地陪伴着她和她的小嘎斯，像过去陪伴着她和菜园里的草庵那样，像在遥远的童年陪伴着在场边核桃树下纳凉的她和不住地用芭蕉扇为她驱赶蚊虫的老奶奶那样。那时候，绵延在天边的伏牛山是凝滞不动的，像一群疲惫的老牛静卧在漫长的旅途上，温顺地接受着星光的问询和山风的抚慰。眼下的伏牛山，却在星光下缓缓移动，像牛群去寻找鲜嫩的青草，或是去与洛河和汝河聚会。春妞儿和她的小嘎斯正向牛群驰去，她没有鸣笛惊扰它们，她觉得这是她的牛群。

煤矿车队的一位司机却曾郑重地警告春妞儿："伏牛山那牛，抵人狠着哩，小心着！"他那绷得很紧的面部肌肉抽搐了两下。"听说你还要闯闯葫芦崖，去啥老虎坪，你不知道葫芦崖送给俺车队两个那样大的吓人玩意儿？"他用手比画了一下。

"啥？"

"大花圈！"

虽然春妞儿听说过葫芦崖上刚刚发生了两起事故，但她还是被这位司机的别出心裁的描绘吓住了。她的心在怦怦地跳，她的嘴微张着，好像有一声"啊"就要从那里飞出来。

但她终于镇定了自己，装出满不在乎的样子，斜睨着那位司机："你们要是吓破了胆，就趁早回家奶孩子去，穿上婆娘们的花布衫儿！"

那司机惶恐地眨巴眨巴眼睛，又"嘿嘿"地笑了："葫芦崖上准有个金娃娃等着你哩，要不，你这位穿花布衫儿的，也未必肯去，嗜，舍命不舍财！"

"可不嘛！"春妞儿毫不留情地回敬他，"你们捧铁饭碗的，命也比俺值钱，就是停车一百天，关上门进行啥'安全教育'，也少不了你们一分钱的工资。俺的命不主贵，你们不走的路才轮上俺走哩，活该去钻钻大花圈！"

春妞儿心里有些恓惶，她确实是为了一个金娃娃才铤而走险的。金娃娃诱惑着她，使她着魔似的跑了几趟远途，接连八天没睡过囫囵觉了。在那漫长的行车途中，她已经学会把驾驶座当成她的卧榻，趴在方向盘上打盹儿，或是蜷着腿侧卧在驾驶室里入睡，当然没有忘了锁死车门，拉上毛蓝色家织土布印着白色小花的窗帘，这就给她的钢铁的卧室增添了某种艺术色彩和诗意的气氛，使她每天可以得到不超过三个小时的睡眠。唉，她需要钱！

昨天，她刚刚出车回来，就把小嘎斯停在联运站，想抓紧问一问有没有待运的货物。这时，那个正因为找不到汽车而急得团团转的采购员已经把她盯上了。

"抽烟，师傅！"采购员巴结地笑着，递上了一支过滤嘴儿凤凰香烟，随即打着了打火机。

春妞儿感到好笑，她知道这是把头发束拢在一顶劳动布工作帽里的过错，但她接住烟，在打火机上点着了，小心抽了一口，便被狠狠呛了一下，前仰后合地咳嗽着，流着眼泪嬉笑着，把烟卷儿扔给了联运站一个中年业务员，又脱下工作帽，在手上拍打着帽子上的尘土，她的卷曲的秀发也就披在了肩上。 "说吧，啥事儿？"

采购员惊诧地望着春妞儿，尴尬地瞪圆了眼睛，又咧开嘴巴傻呵呵地笑着，似乎觉得找错了人，犹豫着没有开口。

业务员吸溜着凤凰烟说："别看她是个女孩儿家，全地区司机考核可是头一名！ 再说她是'个体户'，专吃'国营司机'的剩饭。"

采购员是个很机灵的大小伙子，又急忙从旅行拎包里奉献出两个碗口大的苹果。 春妞儿毫不客气地接住苹果，用一条花手帕擦了擦，开始用她那雪白的小牙齿代替刀子，苹果在牙齿间那么一转，一长绺苹果皮就被啃了下来。

吸着凤凰烟的业务员又在提醒采购员："记住，以后来这儿联系业务，别忘了带着珍珠霜上供，要不，你就撵不上形势发展！"

春妞儿把苹果皮"呸"地吐过去，恰好吐在业务员的脸上。 业务员揭下脸上的苹果皮，塞到自己嘴里，开始了细细的品味。

"赖皮！"春妞儿厌恶地皱了皱眉，大口地啃着苹果，同采购员开始了业务谈判。

如果这位来自老虎坪的采购员没有答应在吨公里两角钱的标准运费之外，再给春妞儿增添吨公里一角钱的"压惊费"、"耗油费"和"磨损费"；如果这个机灵的大小伙子没有忙不迭地为她返回时定下了一宗运输山果的交易，不让小嘎斯放空；如果油库的大个李没有向她暗示，有可能卖给她一吨平价柴油，而大个李的婆娘开的代销店却需要一批价廉物美的山产，即使那位大小伙子磨破嘴皮，说明煤炭对于山果加工厂的十个以上的重要性，而这个山果加工厂又是像春妞儿这样的"专业户"刚刚集资联办的，春妞儿除了会对创业艰难的"专业户"表示天然的同情之外，万万不会拿她和她的小嘎斯去葫芦崖上冒冒风险的，况且，还有一个从未听说过的老虎坪。 但是，她要去了，她需要钱！

唉，春妞儿！

精于算计的春妞儿！

向往金钱的春妞儿！

铤而走险的春妞儿！

二

春妞儿和她的小嘎斯正以八十公里的时速向前疾驶。 天不亮就要拐到沙石路面上行车了，既然交了养路费，就不能便宜了眼下这条沥青路！ 春妞儿想，俺在沙石路、盘山路上损失的时间，就得叫这条沥青路赔俺！ 这样，春妞儿就可以在十六个小时以内往返八百公里，挣下一千二百元的运输费，暂且不必扣除成本和税收，明天一早，就叫自己真真格格地高兴一回。春妞儿已经高兴起来，她加大油门，挂上四挡，叫她的铁牲口——用她的话说，刮起了八级风！

马达的轰鸣和车灯的刺眼的光芒，吓傻了一只野兔。这个可怜的小生灵在路沟的草丛里支棱一下长耳朵，春妞儿甚至看见它惊恐地眨了一下圆眼睛，倏地蹿上了公路，傻头傻脑地在车灯照亮的道路上狂奔。傻货，你往野地里跑呀！春妞儿在笑骂着。野兔却被灯光搞迷糊了，拼命地顺着灯光照射出来的长廊逃窜，它认定这条狭窄的、不断延伸的长廊，才是它唯一的求生之路。怪不得夜间行车的司机常常会捡起撞在车轮上的野味。春妞儿不怀好意地按了一下喇叭，野兔就像被无形的鞭子抽了一下，身子像弹簧般地一缩，接着是一个腾空的跳跃；"嘀"，又是一个跳跃。春妞儿在驾驶室里"咔咔"地笑，而心里又有些疼。眼看这个倒霉的小生灵与车轮的距离在迅速缩小，春妞儿急忙闭了大灯，开了小灯，减了车速。突然陷入一片昏黑的野兔，不知所措地愣了一下，春妞儿又猛地按了一下喇叭，野兔便箭也似的蹿出了公路。饶了你，傻货！

就在她减速行驶的时候，后边的汽车正向她迅速接近。灯光投射到她的前边，路面上映出了小嘎斯的身影。她急忙开了大灯，加快车速，又在心里跟自己说话：

"他兴许看见你在摆治那只兔子！"

"他看见又能咋的？"

"他在哼哼地笑，说你不像个规规矩矩的司机！"

"随他说去！"

春妞儿已经摆脱了那辆汽车的灯光，开始感觉着莫名的惆怅。这是野兔的过错。野兔蹿出公路时，曾经偏过脑袋望着她，迷惑而胆怯地骨碌一下圆眼睛。她似乎在人类中间看到过这种眼睛，不错，那是二小子的眼睛。

她怨恨二小子，瞧不起二小子，却又忘不了二小子。她忘不了他俩曾一块儿上山割草，一块儿下河摸鱼；忘不了二小子怕太阳晒着她，用柳条给她扎了一个帽圈儿，柳条是在小河里蘸了水的，向她脸上、脖子里滚动着凉凉的、使人痒痒的水珠。她也在村头杨树林里给二小子逮过"爬叉"，那是知了的幼虫，用余火未尽的柴灰焙熟，可以得到介乎于蚕蛹和小鸡肉之间的美味。因此，她也忘不了二小子呲着嘴吃"爬叉"，留下满嘴柴灰的样子。当她挎上书包以后，才知道她跟二小子是换了庚帖、定了"娃娃媒"的。她问过二小子："啥叫'娃娃媒'？"二小子说："等你长大了，就是我的媳妇，我开上俺爹的汽车娶你！"春妞儿害羞地向他啐了一口，直到上完了公社的"戴帽高中"，再也没有理他。但在春妞儿心里，却永远忘不了二小子这一无比郑重的宣告和他那双圆眼睛里流露出来的无比自豪的神气。春妞儿常常想象着，二小子怎样开汽车来娶她……她的未来的公爹是对面山上国营煤矿的汽车司机。

昨天下午，当春妞儿把她的小嘎斯开进煤场，又掉转车头，把车倒退到装卸台前的时候，她从驾驶室窗口外边的回视镜里，一眼看见了站在装卸台上的二小子。呸，圆眼儿兔娃子！她啐骂着，又向小镜子里剜了一眼。她想说："还我'爬叉'！"因为两年前，她和二小子已经退还了对方的庚帖，剩下的只有"爬叉"和难以摆脱的记忆。

这一切，都是二小子变成了"全民所有"的过错。两年前，二小子去矿上接了爹的班，捧上了"铁饭碗"。春妞儿却照旧使唤着粗瓷大碗，还得一身汗水、两腿泥地侍弄她家承包的二亩菜园，常常挽着裤腿，晃着鞭杆，赶着蚂蚱驴拉的架子车，去矿区农贸市场上叫卖青菜，往"铁饭碗"里输送各种鲜嫩的叶绿素和维他命。退休还乡的二小子他爹在村里放话，儿大不由爹，二小子在家摔盆打碗，反对包办婚姻。但是，据二小子的邻居透露，他爹又给他"说下"了矿上一个"集体所有"的商店营业员，虽说还是个临时工，可在矿上有户口，吃"商品粮"的。二小子他爹说，早知会兴了儿女接班的规矩，压根儿就不会给二小子说下个受土地爷管辖的媳妇。二小子在家蒙头睡了一天，又乖乖儿地跟着爹到矿上去了。

呸，你个没情义的！你咋跑到这装卸台上忙活了？只听说矿上的汽车一出事故，你们一家子都吓破了胆，要矿上给你换了工种，倒没想到会在这儿碰上你。瞅瞅，一身煤灰，满脸黑道子，像个唱三花脸儿的。 你那个铁饭碗儿，咋没叫你变成个铁打的男子汉？ 俺多亏没跟你，要不，俺就得窝囊一辈子！

　　但在两年前的一个傍晚，春妞儿却拎着一提兜西红柿，到矿区找二小子去了。 平时除了卖菜，她是不肯越过公路到矿区来的。 她觉得公路两边是距离遥远的两个世界。 矿区那边的年轻人似乎总是用鄙夷的眼神望着公路这边的村里人。 村里的年轻人却在向往着公路那边的世界，希望变成那里的公民。 还有一些不主贵的闺女，偏偏爱去矿区转悠。她们常常通过熟人，去矿上女澡堂里洗一个澡，脸上带着浴后的红晕，披着湿漉漉的头发，在矿区单身宿舍的窗口下游荡。 春妞儿瞧不起这样的闺女，怕被人看成这样的闺女，就是在她去矿区农贸市场卖菜的时候，脸上也总是带着凛然不可侵犯的神气。 但她那天不得不越过公路，来到这个总是使她感到压抑的矿区。 她必须见见二小子，她忘不了陪伴她多年的一个甜美的梦，她要叫二小子在"娃娃媒"上再咬个牙印儿。

　　但她刚刚走过石桥，就远远看见二小子穿着崭新的大翻领蓝色工装，跟矿区商店那个烫了头发的妞儿，向河边柳树林里走着。 二小子顺手折了一根柳条，又在表演着编结柳条帽圈儿的精湛技艺了。 但他没有把柳条帽圈儿奉献给商店的妞儿，倒是神情忧郁地套在自己的头上。 那妞儿踮着脚，偏着脸庞，左右打量着他，又轻盈地跑向河边，采了一朵雪白的水莲花，斜插在二小子的柳条帽圈儿上，歪着脑袋瞧着，连连拍着手笑。 二小子终于发傻似的"嘿嘿"笑了，但他那圆眼睛里闪动着沉郁的光，蓦地摘下柳条帽圈儿，远远地掷到河水里。 他俩在草地上坐下了，挨得那样近，这是矿上吃商品粮的少男少女们才时兴的规矩。

春妞儿躲在一棵歪脖老柳树背后，透过密密的柳丝望见了河边发生的一切。 柳条帽圈儿仿佛在空中不住地旋转。她的头有点晕眩，唇角却挂着冷笑。 她认识这个小妞儿，那是在矿区卖菜的时候。 这妞儿一只眼大，一只眼小。 她用带着豫西口音的普通话，把西红柿叫"洋柿子"。 她用那只大一点儿的眼睛瞄准了"洋柿子"，用十分钟的时间挑选了四个，用五分钟的时间讨价还价，用三分钟的时间寻找据说是掉在菜摊上的两枚一分钱的硬币，把"洋柿子"翻得满地乱滚而一无所获，最后，又眯细着那只小一点的眼睛，向春妞儿进行了五秒钟的悻悻地瞥视。 唉，她是吃商品粮的！春妞儿不知道从什么时候开始，找对象也分成了有购粮本和没有购粮本，拿工资和拿不上工资，有可能"内招"、接班和不存在这种幸运的三等三级。 春妞儿是属于第三等级的。她毫不迟疑地离开老柳树，转身向石桥走去了。 但她想起手里还掂着一提兜"洋柿子"，便止住脚步，掏出一个"洋柿子"，眯着左眼瞄一下准，对着一棵老柳树猛地掷了过去。她掷中了。 "洋柿子"砰地撞在柳树上，浆液四溅。 她又逐个儿掷出了每一个"洋柿子"，但她不是每一次都掷得那样准，有的偏离树身，像一道红光倏地飞向河水，激溅起雪白的浪花，水中荡起了一道道渐去渐远的环状涟漪。 她目送最后一道波纹消散在河边的草丛里，没有看一看这场别致的射击引起了一对初恋情侣怎样的惊愕和恐慌，头也不回地向石桥那边走去。 一滴苦涩的眼泪钻进了唇角，但她没有擦去脸颊上的泪痕，她不愿让背后的两双眼睛看到一个拭泪的动作。 就在那天晚上，她让爹退回了二小子的庚帖，讨回了自己的。

春妞儿没有下车，她还在驾驶室里冷眼盯视着回视镜。

"喂，开车的！"二小子在装卸台上喊叫，"还不过来交发票！"

行，二小子，既然你那"铁饭碗"里盛过俺种的"洋柿子"和"商品粮"，今天你就得侍候侍候俺这辆小嘎斯！ 春妞儿打开车门，跳下了汽车。

"春妞儿？"二小子惊诧地呆住了。

春妞儿悠悠地走过去，连瞧也不瞧他一眼，便把发票扔在装卸台上，接着把双臂交叉胸前："快装车！"

"你去葫芦崖？"二小子晃着发票，眼睛瞪得圆又圆。

"哪儿不能去？ 装车吧你！"春妞儿照旧仰脸望着天。

"就怕你过不去十八盘！"二小子忧郁地嗫嚅着。

"我这铁牲口，还没有过不去的火焰山！"

"前两天那儿还出了两起翻车事故！"

"少啰唆！"春妞儿有些不耐烦了，"好路都叫你们占严了，别说十八盘，就是二十八盘，俺也巴不得哩！"春妞儿有点心酸了，她偏过脸，望着天边的云。

二小子不作声了。他叫来几个装卸工，开始把煤装到吨位固定的漏斗里。这些装卸工显然跟春妞儿是老相识，都不干不净地跟春妞儿开着粗野的玩笑。

"春妞儿，你那驾驶楼里能不能捎个人儿？"

"啥人儿？"

"你看我咋样，一路上不叫你冷清！"

装卸工哄笑起来。

春妞儿朝那人啐了一口唾沫："呸，等我拉猪的时候捎上你，送你上屠宰场！"

装卸工越发笑得不可开交，只有二小子痛苦地沉默着，不停地往漏斗里装煤。

"我说煤黑子们！"春妞儿扯着嗓子喊叫着，"操心要操到正经地方，少装一两煤，我也得到矿上告你们贪污，不扣了你们的奖金不拉倒！"

"放心，碰上你来装煤，俺就忍不住想多撂两锨！"

"行，还得把车装平装匀，不能冒出个煤尖尖！"

为了避开飞扬而起的煤灰，春妞儿倒退了十几步远，照旧把双臂交叉在胸前，向着忙不迭地装了煤又掂着铁锨跳到车上把煤铲均匀的装卸工们冷眼旁观着。只是在这时，她才从眼角向二小子瞟了一眼。

二小子也在沉郁地偷觑着春妞儿。 他觉得春妞儿变得不可辨认了。 虽然她那颀长、苗条的身材，由于穿上了一件绿涤良夹克工作服，敞开的大翻领里露出玫瑰紫的高领毛衣，再配上一条毛涤纶蓝色直筒裤、一双墨绿色平绒胶底鞋，显得那样洒脱、素雅而端庄，但是，她那经过"冷熨"的蓬松的刘海儿、用一条花手帕在脑后束起的卷曲的秀发，却像是故意撩拨男性似的，在微风中不住地颤动。 她才二十四岁，椭圆的脸蛋是俊秀的，但她那苍白而困倦的脸色和她眼睛下边的淡淡的青晕，却使她像一个操劳过度或是生活不检点的女人。 她跟装卸工开玩笑的时候，晶亮的眸子像猫眼那样闪动着捉摸不定的光，那种真真假假、满不在乎却又像随时提防着什么的样子，使二小子很难过。 春妞儿已经不是那个挽着裤腿，赶着蚂蚱驴拉的架子车，胆怯地叫卖青菜的春妞儿了。

车装好了。 那个有可能跟猪们一起被拉走的装卸工说："瞧瞧，俺这些弟兄辛辛苦苦为你这'个体妞'服务，你拿啥谢俺？"

"谁谢谁？ 谁为谁服务？"春妞儿抢白他，"你们这煤，少说有一半是俺'个体户'给你们运走的，要不，你们那奖金咋会月月往上涨哩？ 哼！"她远远地扔过去一盒带过滤嘴的"大前门"，向驾驶室走去。

装卸工忙着抢烟卷的时候，二小子胆怯地跟了过来。

"春妞儿，你出车去葫芦崖，跟俺叔俺婶说了没有？"

"谁？"春妞儿没有回头。

"我是说你爹你娘。"

"为啥要对他们说，怕他们没把心操碎！"春妞儿照旧走着。

"春妞儿，不能老想着挣钱！"

"啥？"春妞儿登上驾驶室的踏板，勾回头，用灼人的目光盯住二小子，"等到你们调资、发奖金的时候不打破脑袋再说我吧！"

二小子慌乱地揩了一把汗，手上的煤灰抹黑了鼻子："我是说，你挣钱挣得不算少了！"

"不假！"春妞儿轻盈地登上驾驶室，又从后视镜里挑衅地盯着二小子，"我一年给国家交的税，够国家发给你两年的工资。"她"咚"地闭上车门，发动了马达，又从车窗里伸出脑袋，刻薄而嘲笑地大声喊叫："喂，别忘了把你的鼻子洗洗，河里的水不要钱！"小嘎斯呼啸而去了。她从后视镜里看见，二小子涨红了脸，恓惶地骨碌着圆眼睛。

嘻，圆眼儿兔娃子！

春妞儿在心里嘲骂，但那莫名的惆怅仍旧笼罩在她的心头，像黑暗笼罩着起伏的山峦。她又在可怜二小子，听说他过得并不如意，那位"营业妞儿"一变成正式工，就嫌他没出息，又跟一个采购员眉来眼去。她也可怜那只野兔，那也许是只母兔，半夜三更来野地为它的兔娃子觅食，可俺把它跟头炮蹶儿地撵了好几里，说不定会把它吓出一场大病。 她也可怜她的小嘎斯，它从南京"娘家"来，载重量是三吨，可俺叫它驮了五吨。 它不会说话，不会诉苦，只会轰隆隆地吼着叫着，给自己提劲儿，为俺多挣运费。 她还可怜自己，前边双柳镇上有个检查站，那个打小旗的欺她是"个体户"，扣过她的车，说她的驾驶证是买的。 她"叔、叔"地叫着，甜甜地笑着，给他家卸了一吨煤，才把驾驶证赎回来。 现在，她必须熄了大灯，让她的超载的小嘎斯神不知鬼不觉地闯过去。

她顺利地闯过去了。 双柳镇和检查站正在酣睡。 当她把小嘎斯开上了向南伸展的沙石路面时，仿佛听到检查站门前传来一声呐喊，她的心怦怦跳着，急忙加大油门，小嘎斯颠了一下，宛如那只受惊的兔子，向着起伏在星空之下的黑魆魆的山影飞驰而去。 原谅俺吧，小嘎斯，俺只叫你委屈这一回，你兴许会知道，咱俩都急着使钱哩！ 她觉得小嘎斯已经原谅了她，凄情地叹息着，听见了另一个山区小县的遥远的鸡啼。

三

这是一条并不陌生的县级公路。 它的起伏在丘陵之上的斜坡、盘旋在峡谷之间的弯道，它的常常把枝杈伸到车上的杨树，它的常常漫溢着渠水的沙石路面，都能唤起春妞儿的欢欣伴随着苦涩的回忆。

　　但是，后视镜里又出现了那辆汽车的灯光，像是紧紧追随着她的阴森的鬼火。

　　"他为啥也拐上了这条路？"

　　"他为啥不能拐上这条路？"

　　"他不怀好意地盯着你哩！"

　　"可也说不定他是前边县城的司机。"

　　幸而那辆汽车并没有紧紧地追逼上来，这似乎证实了她的猜想。　她又在不时地顾盼一下公路两旁的杨树，寻找着路面上每一个颠簸过她、惊吓过她也锻炼过她的沟沟坎坎。

　　她是在这条公路上学开车的。　那时候，她是一个比现在拘谨、比现在天真、比现在羞怯，却跟现在一样要强的二十二岁的妞儿。　被二小子背弃的痛苦和恼怒正在折磨着她，她立志变成一个比二小子能干得多的汽车司机。　她需要发挥二亩菜园地容纳不下的青春的精力，显示自己超过二小子和那个"营业姐"的聪明才智，虽然她是个种菜卖菜的闺女。

　　"哪有女孩儿家开汽车的？"娘问她。

　　"咋没有？　去省里看看有多少女司机，把汽车、电车开得'呜呜'的！"春妞儿说。

　　"哪有汽车叫你开？"娘又问。

　　"你不会给俺买一辆！"

　　"咦咦！"娘叫吓了一跳，"这可不是买个蚂蚱驴！"

春妞儿嗔怪说："宇宙飞船早上天了，你还忘不了蚂蚱驴！"

"哪有庄户人家买汽车的规矩？"

"规矩，规矩，规矩不能变变！"春妞儿气不忿地说，"矿上的煤炭都堆成山了，公家的汽车运不完，为啥不兴私人的汽车轱辘也转转？再说，外乡早就有人买了大汽车，哪像咱杨树坪……"

"不假。"刚从菜园里回来的春妞儿爹插嘴说，"可我听说，那私人车报的都是大队户口，没少请大队干部喝酒，有的车还得向大队交钱！"

"不管咋说，我也得学学开汽车！"春妞儿跟爹娘赌气。

春妞儿爹闷声不吭地"吧嗒"着旱烟。

但在那天黄昏，春妞儿在菜畦里引水，听见草庵里爹对娘说："咱家只包这二亩菜园，我跟你就侍弄过来了。只要能找着师傅，就叫咱妞学开汽车去，我得叫二小子家后悔一辈子，我得给咱妞说个比他强十分的好女婿，叫咱妞出出憋在心里的窝囊气！"

春妞儿找到了一位师傅。他是春妞儿上"戴帽高中"时一位贴心好友李娥的哥哥李柱，两年前，从部队复员的汽车兵。

李柱身材魁梧，技艺超群，复员后却找不到就业门路，只好丢下开车的手艺，把屁股撅得高高的，推起了胶轱辘小车。 有一天，他在推小车的路上碰见矿上的汽车抛锚，矿上的汽车队长急得像陀螺一般团团打转。 他把小车撂到路旁，三下五除二地排除了汽车故障，从此时来运转，被汽车队长一眼看中，特意为他要了一个"内招"指标，叫他当上了煤矿的正式司机，同时也当上了汽车队长未来的倒插门女婿。队长的独生女——一位皮肤白嫩而体态发胖，像是用发酵过度的精粉蒸出来的车队会计，开始眯细着眼睛，审视每一个与她的未婚夫婿相距两米以内的年轻女人。 因此，当李娥让哥哥收下一个年轻的女徒弟时，受到哥哥的严词拒绝。

"我那驾驶室，不能坐闺女！"

"她是你的徒弟呀！"

"我不收女徒弟！"

"哼，烧的！"

李娥气呼呼地走了。 她同情春妞儿，因为她家承包的二亩半岗坡地，也容纳不下她的聪明和追求。 她在自拿学费上着县办的中级医校。 她需要一个毕业证，犹如春妞儿需要一个驾驶证。

次日，当李柱开车去林区拉坑木的时候，就在春妞儿眼下开车疾驶的道路上，李娥一下子跳到路中间，双手叉腰，拦住了汽车的去路。

"啥事儿？"李柱不耐烦地刹住了汽车。

李娥把站在树下的春妞儿推到李柱面前："这就是你答应收下的徒弟呀！"她狡黠地伸了伸舌头。

"师傅！"春妞儿在羞怯地鞠躬。

"这……"李柱的脸红了，愠恼地瞪了妹妹一眼。

妹妹却得意地笑着，对春妞儿说："别叫他师傅，跟着我叫他柱哥，就够他的了！"

春妞儿又慌忙叫了声："柱哥！"

柱哥正在审视着春妞儿，由于春妞儿没敢抬头看他，使他的目光有可能在春妞儿身上做五秒钟的逗留。他一下子就相信这不是那种擅长在驾驶室里撩拨司机哥哥的"表妹子"。她挎着一个草绿色的书包，低头望着自己的脚尖，脚上穿的是落后于时代发展的带襻儿的布鞋，而且沾满了露水和红色的黏土；再往上，绿涤良军裤的裤腿很有分寸地挽着，露出一截光赤的被什么带刺儿的植物挂了几条红道道的脚腕子；再往上，是白市布上印着淡蓝色小花的圆领外衣，领扣也是那样郑重其事地紧扣着，使她的长长的脖颈受着委屈；再往上，李柱只用了半秒钟的一瞥，但他已经看清了一副微黑的脸蛋儿和两根用红色橡皮筋儿扎着的短辫子。

"你为啥学开车？"李柱冷不丁地问。

没想到，春妞儿偏过脸哭了。

"嘻，我替她说了吧……"

李娥刚说完春妞儿在婚姻上的委屈，李柱就忍不住骂着："真他妈缺德，那小子根本不是开车的材料，全靠有个好爹！"

"俺也不是只图争口气。"春妞儿终于抬起脑袋，被泪水洗过的黝黑的眼睛闪动着执拗的光，"俺家包那二亩菜园地用不了三双手，可俺好赖也算个高中生，俺想学学开车，不再使唤那蚂蚱驴！"

这番话唤起了李柱的同情，但他需要徒弟具有一个合法的身份："可我不知道，你能不能办个学习证？"

春姐儿急忙从书包里掏出一个塑料夹，得意地说："这不，俺爹给俺办了！"她变得活泼起来："大队开信，监理所批准，用了俺一篓鸡蛋、一车西红柿！"

李柱看了看学习证，学习证上有春姐儿的照片，因此，他看到了一双直视着他的恳求的眼睛，他毅然打开驾驶室的门，用命令的口气说："上去！"

当春姐儿欢欣地跳上踏板，钻进驾驶室的时候，李柱把妹妹推到路边，小声盘问：

"这一百多里地，你俩是咋来的？"

"坐咱县第一趟班车。"

"为啥在这儿当截路的？"

"照顾你的面子，免得熟人看见，说三道四！"

"可你还有个嫂子疑心大！"

"还没成亲哩，不用向她请示。"

"那好，你对春姐儿说，我要去西山林场拉三个月的坑木。每天清早，叫她在这儿等我，过时不候。"

"行，可你得拿出看家本事！"

李柱登上了驾驶室，一边起动汽车，一边绷着脸说：

"徒弟徒弟，三年奴隶。可我只教你三个月，只要你操心学习，这辈子兴许不会再赶蚂蚱驴。"

这最后一句话把春妞儿逗笑了，但她掩住了嘴，她不敢笑，这是师傅对她的第一次教诲，虽然他比她只大五岁。

小嘎斯继续以八十公里的时速疾驶着，在李柱哥带领她走向广阔世界的第一段旅程上。夜仍是那样深沉而静谧，不时向车后旋转、移动的田野和村庄没有一丝声音，车窗外飘来了油菜花的淡淡的清香和潮湿的刚刚春灌过的泥土气息。春妞儿在想着李柱哥，她感激李柱哥，她忘不了那三个月在这条道路上的学徒生活。

只有两个多月的工夫，春妞儿就能熟练地驾驶汽车和排除一般性故障了。李柱哥总是心安理得地享受着春妞儿为他供奉的芒果牌香烟和一顿不曾缺少肉食的午饭；也总是以一种夸张的严厉，坐在春妞儿的右侧，火暴暴地提醒她："这段路好，为啥舍不得加速？""还不减速，想撞到路沟里啊！""超车，别跟在人家车后头，吃不完的土！"李柱哥也偶尔开开玩笑，那是蚂蚱驴拉的架子车成群结队地堵塞了道路的时候，李柱哥总是性急地连连按着喇叭，而那些老有城府的蚂蚱驴却常常不予理会地坚持它们对道路的一贯占有，初出茅庐的蚂蚱驴则会惊慌失措地狂奔起来，驭手们紧抓缰绳，身子倒仰着，歪歪趔趔地跟着驴跑，有的跑掉了鞋子，忙不迭地喊着："吁——吁！"在飞扬的尘土中扭着脸，惊慌而气恼地望着汽车，骂着不堪入耳的脏话。

"你要是牵着蚂蚱驴赶脚，也是这副样子！"李柱说。

春妞儿感觉着惶恐和凄凉："那俺就对娥姐说，回去说说你哥，不叫他欺负赶脚的，人家挣那赶脚钱老不容易！"

李柱哥感喟地望着春妞儿，后来再也没有吓唬过蚂蚱驴。

在春妞儿看来，蚂蚱驴是世界上最可怜的动物，它好像是驴的退化，个头只有牛犊那样大，瘦骨伶仃的像个蚂蚱，性情温驯而执拗，拉套从不惜力，脑袋一勾一勾地，不会引颈长啸，也不会踢套耍奸。怪不得娘给她买了头蚂蚱驴，叫她赶着蚂蚱驴拉的架子车去矿区卖菜。那是一头灰色的驴，有白色的眼圈。她想象着自己晃着鞭杆赶着小灰驴的样子，那一定是很滑稽的。她可怜那个自己。

该下坡了。这是一条三十度左右的斜坡，坡下有一条不宽的河流，河谷却是那样宽阔而幽深，这是一年一次的山洪冲刷出来的沟壑，像一条无法弥补的大地的裂痕。大地没有知觉，要不，它一定会感到被撕裂的痛苦。远远望去，一座细长的水泥桥像一条发白的绷带，在把这条裂痕马马虎虎地包扎起来。她在减速。她没有忘记在这里发生过一次惊心动魄的事故。

至今想起来，她还会不寒而栗。那是前年秋天的一个阴云密布的日子，汽车接近了这个陡坡而由李柱哥亲自驾驶。

"下坡路不敢开'英雄车'，记住！"他把车速挂到二挡上，汽车却没有减速；接着又挂上一挡，汽车反而在急剧加速。啊，刹车失灵了！汽车像一匹脱缰的野马，向坡下狂奔。春妞儿惊呆了。她远远看见坡下桥头上堵塞着一大片车辆、人群。那是两个蚂蚱驴运输队在争夺过桥的优先权，双方在激烈地争执，挥舞着各自的鞭杆和拳头，蚂蚱驴拉的架子车干脆在桥头打了横。汽车却在狂吼着，鸣着长笛，向桥头冲去。桥头的人们都吓得狂喊乱叫，拥挤的车群已无法躲避。"快趴下，我要撞崖了！"李柱哥厉声喊叫着，向左侧猛打方向盘，那里有一座黑色的石崖，他脸上的肌肉痉挛着，在迎接就要使他首当其冲的猛烈撞击。春妞儿却猛地抓住方向盘，喊叫着："给我！"她打回方向盘，"嗖"地避开崖头，汽车又照直向桥头冲去。"不行！"师傅激怒地向她瞪着血红的眼睛。春妞儿已奋力把方向盘打向右侧，汽车紧挨着乱成一团的人群、车辆，"唰"地冲出路边，一头撞进了河岸上一片长条状的苗圃，那里生长着密密匝匝的幼树，接着是一片"嘎嘎啦啦"的幼树折断声，汽车被缓冲减速，踉跄滑行二十多米，终于停留在深谷的边缘。好险，离深谷不到两步！应当感激歪倒在车轮之下的数十株幼嫩的小杨树，它们以柔韧的身躯制服了脱缰的铁马而又避免了猛烈的撞击。车和人都完好无损，甚至没有出现一个流血的伤口和一块破碎的玻璃。只是那个长条状的苗圃已经被轧得一塌糊涂了。

"你出师了，春妞儿！"李柱还是头一次这样亲热地呼唤她的名字。

春妞儿脸色惨白，瘫软地歪倒在师傅的怀里。

是的，这就是那个长条形的苗圃。在那被车轮碾过去的地方，已经长出了挺直的小杨树。春妞儿正向那儿深情地注视，你好啊，小杨树！请忘记我的过错，也不必担心再发生过去的灾祸。使劲儿长吧，小杨树！

四

像是要摆脱那辆神秘的汽车，小嘎斯正向一个沉睡着的小小县城疾驶。在县城那边，在那群星闪烁的天幕之上，春妞儿看见真正的伏牛山了。它那雄伟的、连绵起伏的轮廓，遮去了半个天幕，像一座布满堡垒的高大城墙，板着铁的面孔，在拒绝任何来访的客人。有个旅伴就好了，尤其是在这暗夜的旅途上。春妞儿需要一个可以互相偎依、互相心疼、互相扶持，一起翻山越岭或是一起栽到万丈深渊里化为肉泥的贴心旅伴。不，他应该是一个铁打的男子汉，而不是肉泥。他会让这个驾驶室里蒸腾着热辣辣的男子汉的气息，使春妞儿再也不会感到她是一只时时被追逐、被算计、被吞噬的羔羊。李柱哥是那样的男子汉吗？

她记得，在那个被车轮碾得一塌糊涂的幼树林里，当那些蚂蚱驴的主人惊恐万状地蜂拥而来的时候，她刚刚清醒过来，惊慌而羞赧地离开李柱哥的怀抱。 于是，猥亵的、恼怒的、幸灾乐祸的目光，一下子集中在他俩身上，接着是山里人才能吐出口的一哄而起的嘲骂声：

"哈哈，原来是那儿、那儿出了毛病！"

"舍命不舍情妹子，图个……"

李柱暴怒地推开车门，站在踏板上挥舞拳头："你们谁敢再说一句脏话，我就跟谁拼了！"他浑身哆嗦着，向蜷缩在驾驶室里的春妞儿喊叫："你出来，出来，叫他们看看咱是啥人！"

春妞儿含着羞愤的眼泪，毅然从驾驶室里跳了出来。 大家看见的是一个穿着劳动布工作衣的闺女，她刚才还拱到车底下，给钢板、给离合器、给传动轴膏油，上紧螺丝，脸上和身上沾满了油垢。

李柱又喊叫着："就是她，把这刹车失灵的铁牲口开到这小树林里，救了我，也救了你们，还有你们那群该死的蚂蚱驴。 你们该磕头谢她，不该用脏话腌臜她！"

山民们被李柱的激怒镇住了，被春妞儿的泪水和脸上、身上的油垢感动了。 一位蓄着山羊胡子的老汉，上下打量着春妞儿，问道："闺女，你会开车？"

春妞儿也被这一声"闺女"感动了。 "大爷，我是他徒弟。"她掏出学习证，让老汉过目，以证实自己的身份。

老汉昂起脑袋，生气地向人群喊叫："都给我滚，调教好各自的驴！要是咱村的闺女也能学会开汽车，我就叫这蚂蚱驴断子绝孙！"

人群跟着那位老汉一哄而去，但还有人扯嗓喊叫着：

"徒弟，徒弟，拱到师傅怀里！"

接着是一片粗野、放荡的笑声。

春妞儿好像又听到山民们那带着邪魔味儿的大笑声了。关于她的第一个风流故事，就是在这场哄笑之后传扬出去的。那是经过蚂蚱驴的驭手们多次加工的口头文学的杰作，富有鲜明的时代特征，他们为常常发生在瓜田李下的儿女风情，提供了一个会跑的钢铁小房子。

那天，她跟李柱哥是在修好刹车系统，又给树园的主人掏光了身上所有的钞票，再押下两块手表之后，才重新上路的。

"春妞儿，你咋会记住了这一小绺儿树林子？"

"俺村也有树林子，我给一个男娃在那儿逮过'爬叉'。"

"哪个男娃？"

"二小子。"

李柱哥突然发了脾气："你再也不要提他，我不想听见你说他，我真想狠狠揍他！"

春妞儿骇然地呆住了，她从李柱哥的眼神里看到了一个好汉子的灼人的炉火。

晚上，汽车途经双柳镇的时候，天黑透了。 最后一班客车已经返回县城。 春妞儿第一次打破她跟李柱哥的一个默契，没有在双柳镇下车，她已经不能坐客车回去了。

"我压根儿不该叫你在这儿上车、下车！"

"你不怕熟人看见，还有俺嫂子……"

"叫她趴一边儿去！"李柱像牛一样喘着粗气。

"那你为啥怕……"

春妞儿不敢说下去，她觉得这是一个应该回避的话题。离杨树坪不远了，春妞儿说："柱哥，叫我在这儿下车。"

李柱却气恼地瞥了春妞儿一眼，熄了大灯，换了小灯，从联运站的旁边，把汽车驶向通往杨树坪的一道斜坡。 那儿有一片杨树林，汽车就在杨树林旁边刹住了。 李柱又瞥了春妞儿一眼，随即熄了车灯、驾驶室里的顶篷灯和仪表灯。

春妞儿的心怦怦乱跳，她预感到就要发生她好像朦胧地期待过却又是她最怕发生的事情。 理智促使她急忙抓住车门的把手推门，她的手却被李柱哥的发烫的大手紧紧抓住了。

"柱哥，你？"春妞儿小声惊叫。

柱哥在剧烈地喘息，但他没有动，也没有说话，只有那只发烫的大手在春妞儿的手上不住地颤抖。

"春妞儿，你下去……你也给我逮一回'爬叉'！"

烫人的鼻息吹拂着春妞儿的脸颊。 她的心在猛烈地震颤。 但她无声地坐在那儿，没有下去，也没有勇气把她的手从柱哥的大手里挣脱出来。 她哭了。 她害怕柱哥说出这样的话语，却又不讨厌这样的话语。 杨树叶儿正在夜风中沙沙作响，知了睡了。 这正是"爬叉"拱出泥土、爬上树干的时候。 明儿清早，"爬叉"就会变成知了，蜕去僵硬的外壳，生出幼嫩的翅膀。 不多时，这个小生灵就可以箭也似的从一棵绿树飞向另一棵绿树，躲在树叶儿下边自由地唱歌，不必担心谁会说它扰乱了世上的安宁。 春妞儿却在无声地哭着，她不知道自己为什么要哭，是不是她在羡慕知了，她在感受着一个新的生命挣脱一个僵硬外壳的困苦？

"春妞儿，你给我一句话，"柱哥仍然紧握着春妞儿的手，"你说，你愿不愿意跟我？"

回答是犹豫而又不容置疑的："不愿意。"

"为啥？"柱哥的手像铁钳。

"因为，俺有了个好嫂子……"春妞儿的手被握疼了。

"你就别再提她，你比她强十分！"

"可她是旱涝保收的国家职工，没有她爹，你再有本事，也难当上'全民'的司机。"

春妞儿的嗓子哽住了，温热的泪珠滚落在柱哥的手背上。 她多想听见柱哥发脾气说，铁饭碗没叫她变聪明，倒叫她变成了懒得动弹一下的肥溜溜的青豆虫；我不喜欢青豆虫，也不喜欢老丈人；走吧，春妞儿，我和你厮跟上，咱们俩靠本事走遍天涯！ 但她失望了，柱哥沉默着，铁钳般的手指缓缓松开了，好像默认了一个不可更改的现实。

　　春妞儿抽出手来，就要推门离去了。柱哥却疯了似的把春妞儿搂在怀里，梦呓般地恳求着："春妞儿，咱俩……当个暗夫妻……"

　　春妞儿奋力挣脱了柱哥的怀抱，又羞又恼地质问他："你说啥？说啥？"

　　李柱被春妞儿的恼怒惊呆了："我是说，我永远不会嫌弃你……"

　　"啥？"春妞儿更加恼怒，也更加悲伤了，"俺天生比你们矮半截？俺只配图个不叫你嫌弃？"

　　"不，我是说……"但柱哥已经不知道该说些什么。

　　春妞儿推开车门，跳到昏黑的道路上。

　　"走吧你，李师傅！"她的声音变得那样冷漠而凄伤，"俺不会忘了你教俺学开车，可俺没学会当啥、当啥……"她不可遏止地悲泣着，向村里跑去了。

　　她背后，传来了暴烈的马达轰鸣声、急促的倒车声、汽车远去的呼啸声。

　　路旁村落里传来了第四遍鸡啼，马达在沉重地轰响。春妞儿和她的小嘎斯都已明显地感觉到上行坡度了。春妞儿不喜欢爬坡，但她必须爬坡，咬紧牙关地爬，竭尽全力地爬，心里淌血地爬。李柱哥不可能再帮她一把了。他新婚宴尔，当上了汽车队长的倒插门女婿。那天，春妞儿看见他给丈母娘垒鸡窝，水一把、泥一把的，像个卖力的长工。他的白白胖胖的妻子，挺起微微隆起的腹部站在一边，嗑着瓜子儿，"咯咯"笑着，把瓜子仁儿塞到他的嘴里。春妞儿默祝他多吃一些瓜子儿，再抱上一个白胖小子。她也在祝福李娥姐姐。李娥已经拿到了中级医校的毕业证，但是一个自费生的毕业证，对她取得一个至今仍保留着的村卫生所"赤脚医生"的职务也毫无用处，所以她也在爬坡。她开了一个小小的药房，在她的小柜台上自修着大学课程。春妞儿没有把李柱哥那次癫狂而怯懦的行为告诉李娥。她要在任何人的面前维护李柱的名声。

但是，关于春妞儿的第二个风流故事又已不胫而走了。

在她刚刚以惹人注目的优异成绩通过了司机考试，拿到了一个驾驶实习证而不知道上哪儿实习的时候，联运站的业务员——就是她把苹果皮吐到他脸上的那一个，曾经神秘地向她眨巴着眼睛。

"春妞儿，你这个实习证来得不易！"

"不错，不是从天上掉到嘴里的热馍馍！"

"可不，有一天黑灯瞎火的，我还看见你在村头学开车哩，可那车就是开不动，只听见驾驶室里……"

春妞儿心里一沉，故作惊讶地问："真的，你听见啥了？"

"我听见你跟你师傅……"

"师傅？我投的师傅多了，那是谁的车？"

"我正想问问你，谁有那样的好福气，要不是天黑看不清，我早把牌号给他记下了！"

春妞儿暗暗舒了口气，但她必须保卫柱哥，也保卫自己。"放屁！"她不知道从哪儿产生了那样大的勇气，用使她自己也感到惊骇的尖厉的嗓音，发动了猛烈的回击，"你给我把话说清楚，到底是谁惩下作？你要是当真看见了，当时咋不抓住他、拽着我，送到派出所丢人现眼去！"春妞儿突然想到这位业务员的一个公开的秘密，又冷冷地笑着，"自己一身绿毛羽，倒说别人是妖精！哼，以后再学学翻墙头吧，别叫寡妇家的黑狗咬住脚脖子！"

业务员连连打着冷战，急急拱着手说："妥，妥，算我那天瞎了眼，我在这儿叫一声姑奶奶行不行！"

"以后把眼瞪大点儿，把手伸长点儿，抓住了真凭实据，再去翻舌头，要不，诬陷罪的帽子不是好戴的，哼！"

春妞儿大模大样地走出了联运站，然而，她面无血色，心在发抖，她从来没有想到她会这样撕破一个闺女的温情脉脉的纱幕，让自己变成了一个出色而泼野的演员。

我大概是从那天开始变坏了！春妞儿在想，心里有些凄伤。也许正是那一天，她开始学会了怎样保卫自己，以牙还牙，以刺儿还刺儿，用机敏对付奸猾，用嘲骂回敬撩拨。但她制止不了在她背后不住翻动的舌头们。"全民"和"集体"的年轻司机，极少用郑重的态度对待她，常常跟她开一开粗野的玩笑，被她骂得狗血喷头，也好像成了一种精神享受。 她已经有了那么多的代号：带有经济学特征的"个体姐儿"、表明职业特点的"开车姐儿"、比较现代化的"嘎斯姐儿"，还有一个雅俗共赏的"风流姐儿"。 行车途中，她已多次碰见赶蚂蚱驴的汉子和过路行人用鞭杆、用指头指点着她，耸着鼻子喊叫："就是她，就是她，哈哈！"俺咋着了？ 哈哈？！ 俺变成"开车姐儿"了，俺不赶蚂蚱驴了，俺不当"卖菜姐儿"了，捣俺的脊梁骨吧！ 难道俺应该为了脊梁骨上舒服，再去"喔——吁——"赶那头蚂蚱驴吗？ 难道俺应该图个耳根清净，再去菜场上巴结买主吗？ 难道俺为了避开贼溜溜的眼神、嚼不完的舌头，再去当土地爷管辖的顺民吗？ 难道俺必须为了让别人看着顺眼，不违乡俗，就舍了俺的小嘎斯吗？

不哩，不哩，小嘎斯，我舍不下你！ 沉睡的小城近在眼前了，它会向你诉说，在这里，我怎样告别了过去的春姐儿，争来了得到你的权利。

你听着，小嘎斯！

五

这是一个依山傍水的县城。 去年初夏时节，全专区的司机考核是在这里举行的。 小县城由于有一个大广场和适合进行"路考"的盘山路，突然变得热闹起来。 来自各县的六百多名考生，一下子把县城里的所有旅馆、招待所、留宿旅客的浴池和没有铺盖的"干店"统统塞满了。 第一批以合法身份参加考试的"个体汽车运输专业户"，使得这次考试成为本专区历史上规模最大、成分最为复杂的一次。 无论是"全民"的、"集体"的，或是"个体"的考生，都在四个考试项目和一个合格标准面前变得一律平等了。 这里只有一把尺子——用来衡量人们的智慧和才能的尺子，它将毫不留情地打破不同等级的经济层次所形成的等级观念，来检验每个考生本身的真正价值，不管你是杨春妞，还是二小子！

二小子来了，他爹寸步不离地陪同着他，跟矿上来的五个"全民"的考生，住在这个县城最宏伟的建筑——人民旅社的头等房间里。

春妞儿来了，陪同她的只有那个发白的黄帆布书包。 但她十分惹人注目，因为六百多名考生中，她是唯一的女性。她找不到一个落脚的地方，而为期七天的考试，食宿由考生自理。 幸而人民旅社一位好心的服务员吴嫂收留了她，让她住在夜班服务员的休息室里。 她几乎每天都要跟二小子爷俩碰面，二小子他爹曾想凑过来与她搭讪，她却目不斜视地同他擦肩而过——那走廊实在太窄狭了，她又偏偏不侧身让路，使得二小子爷俩像贴烧饼那样紧紧贴在两边的墙上，目送着她漠然离去的背影。

春妞儿心里并不踏实，她已经可以无所畏惧地面对一把公正的尺子，但她同时还面对着六百多个摩拳擦掌的竞争者，而这些竞争者大都用好奇而鄙视的眼神打量着她，无论她走到哪里，背后都会留下喊喊喳喳的议论。

"这不是那个风流妞儿吗？"

"不错，她那个司机哥哥没少喝她的迷魂汤！"

"她咋也来这儿碰运气，来真格的啦？"

"小母鸡也想学打鸣儿，'咯儿咯儿咯儿——呃'！"

接着是一片嬉笑声。

春妞儿没有回头，如果她对背后传来的每一次翻动舌头的声音都回过头去，她就别想在这条路上照直走下去了。喊喊喳喳的声音反而使她镇定下来，她必须在考场上，也只能在考场上，对那些朝她斜睨着的眼神和那些被发酵的唾液浸泡得十分灵动的舌头施行报复，而对那些使一个卖菜妞能够进入考场的人进行报答。

当她经历了第一个科目的考试——理论考试，走出考场——县中教室的时候，心中已经沉静下来。她交的是头卷，而且相信那是一份令人满意的答卷。她曾把一本说明汽车机械原理的小册子从头到尾背了一遍，为了加深记忆，并顺便使她的字体变得好看一些，她还把这本小册子抄了一遍。但她不知道还有一位至圣先师在冥冥之上庇护着她。在她来参加考试的前一天，她的母亲曾经去嵩阳书院的老柏树底下焚香跪拜，并把带回来的一撮香灰糅合到面团里，给她烤了四个烧饼。她现在才想起烧饼，坐在茶摊旁的小板凳上吃得很香，顾不上注意陆续走出考场的同科弟子向她投来了什么样的目光，而只是听到变了口气的窃窃私语：

"这妞儿还真有两下子，她在卷子上写得'唰啦唰啦'的！"

"可也说不定都写到了茄棵里！"

"你没见监考的互相使眼色，伸了伸大拇哥？"

"×，我只顾冒汗哩！"

春妞儿想起了二小子。在考场上，她曾向坐在窗户旁的二小子扫了一眼，二小子脸上汗涔涔的，正咬着圆珠笔发愣。二小子他爹心焦火燎地在窗外踱步，不时地向二小子比画着谁也看不懂的手势，好像让他擦汗，又好像在模拟发动机里的曲轴运动，而转动系似乎发生了障碍，难怪他脸上的汗比二小子流得还多。春妞儿喝完了大碗茶，却用碗罩着脸在笑。

在进行了第二、第三个科目的考试——排除故障和路考以后，春妞儿在帮助旅馆服务员吴嫂打扫卫生，她小声哼唱着什么，用抹布擦着窗玻璃，不时地在玻璃上照照自己，她感到自己的眼睛变得那样纯净而明亮，心里充满了阳光。

排除故障的考试进行得十分别致。那时候，一群考生和监考员都围着一辆汽车，监考员们互相咬咬耳朵，一个监考员便把她领到一间小房子里，让她背对汽车站着，等另一个监考员制造了一个故障，才把她带出来，让她发动汽车。她发现监考员们都忍住笑，互相传递着会意的眼神，考生们也都眯着眼朝着她笑。她满腹狐疑地发动了马达，马达却发出"噼里啪啦"的巨响，排气管也在"嗵嗵"地放炮，冒出呛人的黑烟，吓得她心里怦怦乱跳。 但她很快便镇定了自己，做出了一个判断而又在思考着这个判断是否准确。

"杨春妞，把你兜里装的本事都掏出来吧！"监考员笑着，有意难为她。

春妞儿给马达熄了火，从车上跳下来，说："师傅，你先掏掏你的兜，说不定能掏出一个火花塞！"

人群里爆发了一阵笑声。 春妞儿有些慌张，但她发现那笑声是冲着监考员的，便向他伸出手说："给我，你拔了一个汽缸上的火花塞，叫它咋干活！"

"这闺女，算你有个好耳朵！"

是的，李柱哥专门训练过她的耳朵。

在盘山路上进行的"路考"也取得了出人意料的成功，接近九十度的弯道行驶和汽车倒头、陡坡上的刹车和起动，都完成得平稳、准确、干净、利索。

但是，旅社服务员吴嫂却把她吓出了一身冷汗。

"大妹子，你那路考考'砸'了！"

"呀！ 俺出了啥岔子？"

"监考员说，还得叫你考二回！"

"考二回？"

"叫你把汽车开到墙头上、房坡瓦楞上、杂技团的钢丝绳上再试试，要不，就屈了你的材料！"

这个评语已经流传开来，春妞儿碰到的眼神也随之发生了明显的变化。 眼睛这个东西真是奇妙无比。 李娥姐告诉过她，人和哺乳动物的眼睛里，都有一个名叫眼肌的辅助器官；眼肌的张弛控制着眼睑的开合。 许多双望着她的眼睛，都由于充分发挥了眼肌的功能而使得眼睑不住地眨动。 好像瞳孔里钻进了一个未被见识过的异类。 有些眼睛却像没有眼肌和眼睑的金鱼的眼睛，愕然地鼓突着，一眨不眨地瞪着她。 她想笑，但她用内在的意志控制着眼眶上侧的部位，据说那儿藏着泪腺，她必须制止喜悦的泪水，因为还有最后一个考核项目在等待着她，这常常是一个使人前功尽弃的项目。

这个项目的名称叫"倒桩"。 六百多名考生全都集中到这个县城的"人民广场"上来了。 广场已经被划分为三个区域，每个区域都撒上了石灰线，并沿着石灰线栽上了三行竹竿，形成两个狭窄的、只比汽车宽出四十厘米的夹道。 每个考生都要把汽车驶入一个夹道，再从另一个夹道里把汽车倒出来，车轮不能轧住灰线，车身不可碰上竹竿。 如同校场比武，广场上弥漫着庄严、肃穆的气氛。 广场四周围满了看热闹的人，有些孩子爬到了广场旁边的树杈上。 每一个成功者都会引起人们的崇敬，每一个失败者都会引起惋惜的嗟叹或是毫不留情的嘲讽。 二小子考得很惨，在他倒车的时候，汽车变成了一头蠢笨的狗熊，车屁股左扭右扭，把竹竿碰得东倒西歪，引起了一片嘲笑声。 二小子钻出了驾驶室，像是一棵遭霜打的枯草，耷拉着脑袋。 他爹却忍不住冲出人群，给了他一个响亮的耳光。

"我说老哥，"监考员拉住了二小子他爹，"嘴巴子打不出聪明！"

二小子捂着脸哭泣着，又被老子推搡着，挤出了人群。

坐在一棵老槐树下不住地用草帽给自己扇风的春妞儿，本来也准备大笑一场的，而一记响亮的耳光，却使她对二小子产生了同情和怜悯。她知道二小子只是胆小而绝不蠢笨，甚至可以说颇有些灵秀之气。他曾东拼西凑地装配了一个半导体收音机，还装上了一个天蓝色的塑料壳，挂在他家树杈上，哇哇地响。假如他有一个从无线电修理部退休的老爹叫他接班就好了，绝对挨不了嘴巴子！但她接着又感到这同情和怜悯都是多余的，二小子绝不会因考场失利而失去饭碗，"全民"养得起他！

"下一个，杨春妞测试，杨春妞！"监考员拿着喇叭筒喊叫。

春妞儿从树下站起来。她感到惊骇，因为另外两个考区的考生和旁观的人群，都随着监考员的喊叫声，向这边拥来，正对面那个影剧院的台阶上也顿时挤满了人。春妞儿长这么大，还不曾引起这么多眼睛的注视，而且是毫无戏谑意味的眼睛。她向汽车走着，拂去额前的头发，广场上突然变得那样寂静，如同体育场上期待着一个世界纪录的诞生。

春妞儿钻进了驾驶室，同时在进行着均匀的深呼吸，因为李娥姐特意嘱咐过她，深呼吸可以使人镇定。她启动了汽车，调整了车身，徐缓而平稳地驶进了竹竿形成的夹道。人们的兴趣却在于她通过这个夹道以后，怎样调整车身，再从另一个夹道里把汽车倒开出来。 按照规定，在倒车之前允许对车身进行三次调整。 春妞儿却用一个弧形的倒车动作，不偏不倚地把汽车倒入了另一个夹道。 她没有像别人那样，把脑袋伸出驾驶室的窗口，紧张地扭着脖子，目不转睛地盯视着汽车轱辘，而是从容不迫地把着方向盘，注视着后视镜，当她确信车身已经处于准确的行驶线上，竟然来了个加速，"哧溜"倒出了狭窄的夹道。

"杨春妞一次成功！"喇叭筒里响亮地传出了监考员的评语，广场上骤然响起一片热烈的掌声。

"再来一个！"有人喊叫着。

"啥？"监考员又把喇叭筒扣在嘴上，"啥叫'再来一个'？ 这是校场比武，不是马戏团表演小狗钻圈！"他这个不够恰当的比喻把自己也逗笑了，装着电池的喇叭筒把他的笑声进行了扩大数倍的"电化处理"，显得古怪而又震耳欲聋，整个广场上又卷起了笑的波涛。

春妞儿沉静地跳出了驾驶室，轻轻地撞上了车门。 她感到无数双眼睛都在注视着她的每一个细微的动作。 她有些慌张，胜利的喜悦在她身上引起了轻微而又难于抑止的战栗。 她向树下走着，鼓起勇气向人群扫了一眼，像触电一样哆嗦了一下，因为她看见了一双深沉而喜悦的眼睛，那是李柱哥的眼睛。 感谢你，师傅！ 春妞儿在想，李柱哥曾在林场装卸木料的地方用树枝插了两个夹道，那夹道比这考场上的夹道还窄十厘米。

春妞儿从树杈上取下那个发白的帆布书包，挤出人群，向旅社走去了。她听见监考员在她背后喊叫："这闺女是头名状元，没跑！"她觉得自己突然长高了，眼下最要紧的，是赶快跑回旅社，蒙着头痛哭一场，因为她终于经历了艰难的挣扎，使她看到了另一个自己，那是一只破壳而出的雏燕，就要展翅飞去，搏击风雨。一群看热闹的闺女团团围住了她，像是簇拥着她们的英雄。

"春妞姐，你也教俺学开车吧！"

"等等，俺还没汽车哩！"

"你爹是个老司机？"

"俺爹会赶蚂蚱驴！"

闺女们嘻嘻哈哈地笑了。

小嘎斯驶过了沉睡的小城，春妞儿仿佛又听到了一群不知姓名的小姐妹欢愉而活泼的笑声。她觉得有些对不起这群小姐妹，自从她有了这辆小嘎斯，还没有来这边跑过车，但愿她们都找到了一位好师傅，奔上各自的有鲜花也有蒺藜的前程。女孩儿家爱笑，她们应该在路上洒下笑声。

跑吧，小嘎斯！遮住天的大山向咱涌来了，别怕，等咱从这大山里钻出来，我也给你笑笑，我会笑！

六

公鸡叫过了五遍，这正是曙光初露的时候，山野里却起了大雾，白茫茫的，又浓又深，灯光被雾气笼罩着、纠缠着，能见度只有十米左右。但春妞儿并不着急，她已把比较好走的一半路程交给了黑夜，而把崎岖艰险的深山行车交给了白天。晨雾很快就会消散的，小嘎斯！

"嘀嘀！"后边传来了汽车鸣笛声。还是那辆汽车！从后视镜里可以看见，融在雾中的橘黄色灯光，正向她迅速接近。春妞儿感到莫名的恐怖，下意识地从方向盘上腾出一只手来，急急锁死了车门。

"嘀嘀，嘀嘀！"鸣笛声不急不躁，带有礼貌性质。她明白了，这是请她让路。巴不得呢！赶紧滚你娘的，别老像个野狗跟在后头，说不定啥时候会咬俺一口。她把汽车打向右侧，并用尾灯发出了"请超车"的信号。一辆大卡车从她左侧迅速越过。在两车平行的刹那间，她向那辆汽车的驾驶室里瞥了一眼，但被雾气障碍了视线，只是朦胧地看见那个开车的好像是个大小伙子，似乎还向她送来一个模糊的微笑。

春妞儿从那辆车的马达声里听出来，那是一辆马力大、车速高、载重五吨以上的大卡车。这使她感到嫉妒，也为她的小嘎斯自惭形秽。但她相信那个司机一定是个行家，否则不会雾中超车，而会小心翼翼地跟着她的小嘎斯，让她当个领路的。 可也说不定他在执行紧急运输任务。 她模糊看到那辆车上装的也是煤，煤在任何时候都是急需的。

　　但她渐渐感到奇怪，那辆卡车超车后没有加速，与她的小嘎斯始终保持几十米的距离，每到拐弯的地方，都要闪动几下转向灯，提醒她的注意。 驶进山口的时候，晨雾还没有消散，白茫茫地笼罩着不断上升的盘山路。 那辆卡车的一直亮着的尾灯和不时眨动着的转向灯，如同温存而调皮的眼睛，郑重而活泼地引导着她。 这样的好心，反而引起了春妞儿的警惕，她怀疑这是居心不良的挑逗，这是她曾经遇到过的。

　　浓雾正在消散，熹微的晨光已经使春妞儿看见，她和她的小嘎斯正在伏牛山深山区的"牛群"里行驶。 她索性不理会那辆卡车，而在好奇地观望"牛群"。 这是一群或横卧、或翘首、或踯躅河边、或遥望天涯的黄色的巨牛，悄没声儿地深思或期待着什么。 它们不像太行山那样瘦骨嶙峋、峭拔险峻，也不像大别山西麓那样肌肤丰润、绿树葱茏。 春妞儿曾在太行山的东麓和大别山的西麓行车，当然这都是最近数月以内的事情。 太行山使她想起威严的老祖父，大别山却使她感到那是一群姣好的、风华正茂的女性。 伏牛山就是伏牛山，它是一群不乏青草和泉水的滋养却又负载过重的老牛。 "二类膘！"春妞儿心里正在做出一个使她自己也感到大煞风景的评论。

　　春妞儿又在注视着前边的卡车，那果然是一辆令人羡慕的"解放牌"。如果这辆车刚才是好意在雾中为她带路，那么现在可以撇开她，加速前进了。但它只是扩大了与小嘎斯的距离，而始终保持着这个距离。春妞儿索性在一段比较平坦的山道上加快车速，准备超到它的前边去，那辆车却像故意捉弄她，在她即将靠近的时候重新拉开了距离。在一段盘山道上，两辆车只隔着一道山坎，那辆车的司机从车窗里伸出脑袋，居高临下地送来一个神秘的微笑。春妞儿气恼地吆喝："你想叫我吃土啊！"但平心而论，那司机没有让春妞儿"吃土"，因为刚刚下过一场春雨，道路湿漉漉的。他的无声的微笑也并不令人讨厌，似乎还带着天真和善意。春妞儿有些懊丧，好像她的小嘎斯是一个只配跟在一匹骏马后边的小马驹。

　　太阳升高了，山谷里变得明亮起来。这时候，小嘎斯正在山谷里行驶。一条清澈的小溪流淌在怪石突兀的河床上，闪动着粼粼波光。春妞儿高兴起来。她把小嘎斯停在路边，拎着一个塑料挎包跳下车来，深深地吸了一口清凉的、带有淡淡花香的空气，放眼向山上望去，她的眼睛变得明亮了，伏牛山正在向她展示着新的姿容。小溪那边的山坡上开遍了粉红色的桃花，在阳光照耀下，像一片透亮的粉红的云霞；小溪这边的山崖上悬挂着鲜嫩的青藤和黄灿灿的迎春花。她轻盈地跳下路基，踏着刚刚冒出嫩芽的草地，向溪边跑去。她看准了溪水里一块冒出水面的青石板，活动一下腿脚，猛地跳了过去。　她快活地喘着气，把挎包放在青石板上，再次仰起脸庞，不住地扭动着腰肢，打量着这个阳光明丽的山谷。　她的疲倦的脸上露出了孩子般惊讶的神气。　这里的风景太美了！　只是在她的视线不受驾驶室的限制、不是在紧张地注视着道路的时候，她才有可能从容而广阔地领略伏牛山的景色，也才有可能懂得伏牛山的牛群为什么会那样天长日久地留恋着这块偏僻的山地。　山谷是向下倾斜的，一层层条状的麦田，在小河两岸向远处伸展，像一条条碧绿的裙带，环绕着山洼里的幽静的村落。　这里看不见吐出黑色云缕的烟囱，看不见煤矸石堆积的尖顶的山峰，看不见蒙在麦苗和青草上的煤灰。　溪水清澈见底，水底是细沙和卵石，没有从炼焦厂冲刷下来的乌黑的煤泥。　她从挎包里取出毛巾、牙刷、塑料杯、檀香皂、美加净牙膏和凤凰牌珍珠霜。　她需要这条小溪对她的净化，她却开始了对小溪的污染。　她从溪水里看到了脸上的尘土和油垢，那是她上路以前，往油箱里加油以后，又漫不经心地往脸上抹了一把汗的过错。　她向溪水中的她扮了一个鬼脸，开始让溪水恢复她的姣好的姿容。

　　一个穿着军装短袄的大小伙子，慌慌张张地从崖边公路上跑了过来。　这时候，春妞儿正坐在溪水环绕的梳妆台上，照着小镜子梳拢头发，小声哼唱着豫剧《朝阳沟》银环进山的唱段：

　　　　走一道岭来翻一架山，

　　山沟里空气好实在新鲜……

　　满坡的野花一片又一片，

　　梯田层层把山腰缠哪……

　　大小伙子"呼哧呼哧"地喘息着，暗自在笑。

　　春妞儿受惊地抬起脑袋，警惕地向大小伙子瞥了一眼，便沉下脸来，收起小镜子。

　　"我以为你的车出了毛病，谁知道你在这儿……"大小伙子咧开嘴巴笑着，露出一排洁白整齐的牙齿。

　　春妞儿已猜出他是在前边开车的司机，便大模大样地说："我这车还没有出过毛病，别看它吨位小，经得起摔打！"同时在想，要是他跃过溪水，跳到这个"梳妆台"上，死皮赖脸地跟俺坐在一起，那他一定是个孬货！

　　"不错！"大小伙子已在小溪那边坐下，在溪水里涮着毛巾，"可就怕你没油喂它，半路上没了油，那就遭了罪！"

　　春妞儿一愣，疑惑地眯细着眼睛，打量着这个大小伙子。他在用毛巾擦脸，却露出一双活泼的眼睛，神秘地向她眨动，仿佛在提醒她，不要忘了一件使她狼狈不堪的往事。

　　那是去年冬天的一个寒冷的夜晚。那时候，她还不像现在这样善于交际，还没有学会运用令人心旌荡漾的甜甜的微笑，加上令人感到有利可图的物质的实惠，在各种途径上获得充足的柴油。 啊，柴油，她整天在为柴油发愁。 这个"个体姐儿"已经有了驾驶证、行车证、养路证、税收证、准运证、发货证，还有一个保险公司的保险证，唯独没人给她一个购油证。 因此，在她出车回来的途中，油箱里的油所剩不多了。 按照耗油表上的理论数字计算，剩下的油还可以把她的小嘎斯送回杨树坪。 而理论常常把实际搞得一塌糊涂；实际也往往把理论整得狼狈不堪。 油少了，也会出现似冻非冻的胶着状态。 在离家还有三十公里的时候，小嘎斯"抛锚"了。 那天刮着尖溜溜的北风，四周一片漆黑。 春姐儿打开引擎盖，手按供油泵，但是毫无结果，柴油已经失去了流动性。 夜色那样深沉，春姐儿想起了狼，想起了截路的坏人。 她在紧张地思索，怎样使自己摆脱困境。 她终于想出了一个救急的办法，便蹑手蹑脚地走向一个村庄，在村头一个农家小院的矮墙头上，摸到了一捆冒出墙头的玉米秆。 她家的玉米秆就是这样垛在院墙上的。 她在隔着墙头做贼了。 两捆玉米秆已经扛在肩上，她心里咚咚跳着，在夜幕中跑到小嘎斯跟前，点着玉米秆烘烤油箱，柴油终于恢复了流动性。 她细心地把剩下的玉米秆放在车上，以备柴油再次凝结时使用。 她为自己的一个发明创造感到快意，满心欢喜地发动了马达。

"站住！"随着一声呐喊，一个瘦老汉从夜幕里蹿出来，还有一个中年汉子紧紧跟随着他，晃着手中的桑杈。

春姐儿急忙熄了火，她怕耗费柴油，不敢让马达空转。

"嘻，是个闺女！"中年汉子说。

"可这宪法上没有写着，是闺女就准许做贼，就准许拿人家的玉米秆给她的铁牲口烤火！"老汉说。

"大爷，俺的油上冻了，俺回不到家了！"春妞儿胆怯地跳下汽车。

"油会上冻？"

"天老冷，油少了，不流动……"

"那你就说，油清住了。"老汉说，"可我没听说过油清住了，就准许不跟主家说一声，就……"

"大爷，俺赔你钱。"

"行，那你就赔俺一个金马驹儿！"

"大爷……"

"你少叫啥大爷不大爷的，你要是赔不起金马驹儿，那就得连人带车叫我扣下，叫你大娘给你做一碗酸汤面叶儿暖和暖和，再拱到热被窝里睡一觉，明天放你！"

没等春妞儿反应过来，那个中年汉子已嘻嘻笑着，收起了桑杈。

"笑啥？"老汉发着脾气，"再抱两捆玉米秆去！"

春妞儿被感动了。"大爷，不用了。"她指着车上说，"我刚才抱了两捆，够俺用的。"

"那你为啥还不赶紧把车开走，不怕你爹娘在家萦记！"

春妞儿心里一热："油又清住了，我还得把油箱再烤烤。"她说着，站到踏板上去取玉米秆。

这时，一辆汽车从远处驶来，在路边缓缓停住了。

"出啥事儿了？"一个年轻司机跳下车来。

"油少，老上冻！"春妞儿期求地望着年轻司机。

那时候，她还没有学会像碰见至亲好友似的递上烟卷巴结，也没有学会像落难的民女那样凄婉地争取同情和救援。那司机却不声不响地掂来一桶柴油，借着老汉点燃的玉米秆的光亮，一点不留地倒在小嘎斯的油箱里，又掂着空桶，向他的汽车走去。

神情严厉的老汉扔了火把，在地上踏着火，说："你要早点儿碰见这个好人，也用不着战战兢兢抱俺的玉米秆儿，'大爷、大爷'叫得我心里一疼一酸的！快上车吧，以后别忘了给你这铁牲口带够草料，要不，还不如俺那蚂蚱驴！"

"大爷，我好像在哪儿见过你？"春妞儿向黑暗中问。

"好记性！"那老汉说，"那天在桥上你差点儿没把俺吓死，可俺那蚂蚱驴如今跑得还欢实！"

这时候，那辆汽车开了车灯，春妞儿看见老汉摸着山羊胡子，眯着眼瞧着她笑。

"多谢了，大爷！"

"你该谢谢人家。"老汉指着那辆汽车说，"天底下还是好人多！"

那辆汽车已经呼啸而去……

春妞儿时常责备自己，她忘了向那位年轻司机说一句感谢的话，也没来得及问问他是哪里的。

　　眼前这个穿军装短袄的大小伙子，就是那位司机吗？

　　"那天多亏我碰见了个好心的师傅。"春妞儿目不转睛地盯着大小伙子，"可我没来得及说声'谢谢'！"

　　"谢啥？"大小伙子说，"人不亲行亲，再说，我不是雷锋，差远哩！"

　　春妞儿已经听出来，他就是那位司机。但现在的春妞儿已经不是轻易地向谁表示感激、表示愤怒、表示愉悦、表示厌恶和一切真情实感的春妞儿了。她需要防范，需要警觉，需要佯装不知地刺探，需要不动声色地窥测。她只是隔着溪水，撂过去一块葱花油饼——这是娘给她备的干粮，冷不丁地问："雷锋是真的？"

　　"真的！"大小伙子肯定地点了点头，"可我给你送油，是假的！"他又咧开嘴巴，嘻嘻地笑。

　　"假的？"春妞儿歪着脑袋瞧他。

　　"那是主家的油，不是我的。"

　　"主家？"春妞儿皱了一下眉头。

　　"我给一个专业户开车，是个扛长活的！"

　　"扛长活的？"春妞儿又皱了一下眉头。

　　"俺爹在旧社会扛了十年长活，攒钱娶了俺娘。"他在吃葱花油饼，"我打算扛三年长活，攒钱娶个汽车。"

　　"娶个汽车？"春妞儿学着他的口气，仰脸沉思了一会儿，突然前仰后合地大笑，把眼泪也笑出来了。 她好久没有这样笑过了。 她不知道她此刻为什么这样高兴而又毫不掩饰她的高兴。

"我看你像个复员兵。"

"不假。"

"那你为啥不能当当'全民'的司机？"

"缺个好爹！"

"那你也该干上'集体'的。"

" ×！"复员兵骂了一句粗话，接着又感到自己的粗野，不安地掏出一根烟卷儿，在指甲盖上磕着，"俺大队有一辆汽车，倒有两个司机，可我没学会送礼，不想当孙子！"

"那你为啥给私人'扛长活'？"

"那得他作揖求我，还得叫我从运输费里提取百分之十。"

"百分之十是多少？"

"能多能少，只要勤跑。 我挣的不敢说多，只敢说抵得上三五个县委书记！"

春妞儿又忍不住笑了："你不是吹大气吧？"

"你不信？ 如今'全民'就是用八抬大桥请我，我也不去！"

虽然这是一次使春妞儿感到愉快的谈话，但也到了应该结束的时候了。 她站起来，像只机灵的小鹿，从冒出水面的石头上，三跳两跳地到了对岸，四下里瞅瞅，折了一枝桃花，鼻子凑上去闻着，又三跳两跳地返回来，掂起挎包，跳到岸上，向她的小嘎斯走着，又忽然勾回头，盯着复员兵说："我问你，为啥只兴你超俺的车，不准俺超你的？"

"俺的车快。"小伙子避开了她的眼睛。

"那你为啥不远不近地迁就我？"

"迁就？说不定我还得叫你照应着！"

"可你是往哪儿跑车？"

"老虎坪。"

"你也去老虎坪？"

"我这车喜欢老山窝。"

"你的车？哼！"

春妞儿不再理他。她发觉她的过于坦率的质问，得到的却是躲躲闪闪的回答。说不定这娃子也不是正经材料，会像糖稀那样黏黏糊糊地粘住我。她登上驾驶室，"砰"地把复员兵关在门外，又左瞅右瞅，在为那枝桃花找一个合适的地方。当她将桃花插到靠背夹缝里的时候，复员兵已向他的汽车跑去。他的没罩外衣的军装短袄，使他看起来精干、剽悍，个子也显得很高。

瞧，我就这样"砰"一下用车门把他撞跑了！春妞儿在责备自己，本来可以叫他站在踏板上，把他送到他的车跟前，这是常情。春妞儿开动汽车赶上去，准备再擸过去一块葱花油饼以弥补一下自己的过失，复员兵却轰隆隆地把汽车开跑了。

七

小晌午，春妞儿和她的小嘎斯终于靠近了葫芦崖。

葫芦崖背向太阳，黑森森地坐落在千丘万壑之间，像一个细腰、两头鼓的大葫芦，显得那样高傲而怪异。据说，葫芦崖上的公路，是去年秋后由乡政府集资修建的，因此在公路的分类等级上，叫作乡级公路。最近发生的两起车翻人亡的严重事故，也给这条乡级公路带来了不幸，使它刚刚建成就濒于路断车稀的绝境。

春妞儿和她的小嘎斯跟在那辆"解放牌"的后边，缓缓地、试探地、小心翼翼地驶进了葫芦崖下的一道深谷。葫芦崖挡住了阳光，山谷阴暗而幽深。山风在山谷里闯荡，呼呼作响，好像在威胁两个缓缓爬行的铁甲虫。

领头开车的复员兵本来想在崖下歇息一会儿，定定神儿，再开始这次惊险的攀登。但他发现小嘎斯却没有停下来的意思，便不敢怠慢，带头开上了葫芦底。春妞儿只好再次放弃超车的意图，缓慢地跟着他走。她有点气不忿，这个大小伙子似乎毫不了解，因而也毫不尊重使她自鸣得意的开车技艺。

眼下不是赌气的时候。虽然作为葫芦崖第一阶梯的葫芦底坡度比较缓和，使人想起弥勒佛的圆滚滚的大肚子，但在大肚子上进行"Z"形行驶也不是闹着玩的，特别是行驶在这个大肚子向外鼓突着的那一段弧形道路上的时候，春妞儿感到有一股神秘的离心力要把小嘎斯甩到山沟里去。她必须把紧方向盘，而把脚随时蹬在刹车器上。她既紧张，又自信，偶尔看一下前边那辆车的信号灯，也偶尔试验一下自己的胆量，稍微把方向盘打向道路外侧，向幽深的山谷送去疾速的一瞥，她看到一只老鹰正在她视线之下的空谷里悠悠地飞翔，这使她联想到她和小嘎斯也许会悠悠地飞翔起来，又急把方向盘打向里侧。

　　前边传来了鸣笛声。"解放牌"已经驶向崖下一块空旷的场地，向她发出了喜悦的呼号。她也紧接着把小嘎斯开了上去。他们已经登上了第一台阶，从葫芦底爬到葫芦腰上。他们必须在这个不大的崖下停车场里稍事休息，让这里特有的行车安全员与崖上联系，因为葫芦腰上不能对开两辆汽车，也不能让汽车碰上毛驴。

　　这儿风很大。春妞儿披上了一件深棕色的拉链外套，仰脸注视着阴森的崖头。谁也弄不清楚，造物者为什么要在自然界造就这样一个怪物。站在葫芦腰上往上看，就像一个小虫子爬在蘑菇的细茎上看蘑菇头那样。巨崖就在你头顶伸出，好像随时会坠落下来。这崖头就叫葫芦顶。就在这样一个葫芦顶上建立着一个乡级政权，而且自远古时代就开始繁衍着它的子民。可眼下，那里有了一个山果加工厂，准备用八十年代的工艺加工山果。它需要煤，需要电，需要马达的轰鸣。 据说，那里的一片原始森林里，覆盖着数尺深的腐殖物，发现了别的地方早已灭绝的连香树、老鸹铃等珍贵树种。 矿上的汽车正是在来这里运输坑木的回途中栽到山谷里去的。 复员兵正在指点着跌进山谷的汽车，向一位手拿红、绿旗的汉子谈论着什么。 两辆不幸的汽车底朝天地躺在山沟里，像是两件被摔得歪三扭四的儿童玩具。

"喂，该我领头了！"春妞儿走过去说。

"不，还是我领头。"复员兵用的是不容置辩的语气。

"为啥？"春妞儿瞟他一眼，"我不是才学走路的娃子，你可能不知道我是谁吧？"

"久闻大名，全地区司机考核第一名杨春妞同志。"复员兵与她讪笑，"可你知道我是谁？"

"对不起，压根儿没听说过！"春妞儿讥诮地说。

"当真？"复员兵宽容地眨了眨眼睛。

"给人家扛长活的呗！"春妞儿向她的小嘎斯走去。

在他俩谈话的时候，拿小旗的中年人正向西边山崖上用小红旗打着旗语，那里有一个可以看见崖顶的观察哨，再把旗语传送到山顶上去。

复员兵跟着春妞儿走到小嘎斯跟前。

"你最好拉上你的花窗帘儿，休息一会儿。"

"你知道我有花窗帘儿？"

"知道。"好像他对春妞儿的一切都了若指掌。

"你喜欢不？"春妞儿炫耀地拉开了蓝底白花的窗帘。

"喜欢。"复员兵如实汇报。

"那就叫你媳妇儿给你做一个呗！"春妞儿暗自留神地斜睨着他。

"媳妇儿？ 媳妇儿？"复员兵像是听到了一个陌生的名词儿，仰着脸在琢磨滋味儿，又轻声叹息着，"嘻，我还没交上桃花运！"

春妞儿感到了朦胧的喜悦，但她不知道为什么会感到喜悦。

复员兵又在凝视着花窗帘，若有所思地笑着："说了会吓你一跳，我往我那驾驶室的窗户上堵过背包！"

"背包？"

"当兵的背的那背包。"

"为啥堵背包？"

"不为啥。"复员兵淡淡一笑，"我去越南跑了一趟车，就从堵窗户的开花背包里捡出来八颗子弹。"

"啊？！"春妞儿吓了一跳。 她听说过一个三等功臣的背包，但她没有想到那是他的背包。

三等功臣正在微笑。

这时候，西边山崖上的观察哨正把山顶上的旗语传送过来。 春妞儿看见，打的是绿旗，便急忙上车，拉开花窗帘，对那位三等功臣说："我上学时，做梦也想过背背你那样的背包，可眼下对不起，先走一步了。"

春妞儿怀着一种冒险的自豪和冲动，在葫芦腰上进行着螺旋状行驶。 那个被打进了八颗子弹的背包仿佛在陪伴着她，螺旋状的险坡似乎变得不值一提了。 背包大概是堵在左窗上的。 春妞儿向左边瞅了一眼，那里没有碉堡，只有一道像牛脊背一样的山梁对着她，朝着相反的方向缓缓旋转。 她不必担心那里会有子弹飞来，这就使她的带头行车失去了冒险的色彩和炫耀的价值。 但她还是在每一个转弯处都向后边发出灯光信号，以表示她终于开上了"领路车"的快意。 每一次，后边都传来"嘀嘀"的鸣笛声，好像在说："谢谢，我跟着你呢！"但她渐渐感到鸣笛声变了味道，如同在说："别怕，我给你壮着胆哩！"对鸣笛信号的两种"破译"都使她感到一种淡淡的惆怅和莫名的欢喜。 接着，在每一个转弯处，她都看到了一排用水泥桩子打起的护栏。 这是乡政府为了恢复此段公路的名誉而采取的补救性措施。 她开始嘲笑那些拿葫芦崖吓她的司机，需要向他们宣传护栏，还有背包，这兴许会使男子汉们拿出男子汉的勇气。 但她很快便发现自己想错了。 她已接近了葫芦顶的崖头，从前窗可以看见，崖头伸向路面，悬挂着奇形怪状的巨石。 这是第二台阶。 她和她的小嘎斯好像在虎口里行驶，头上悬挂着锐利的牙齿。 就要在虎口的牙巴骨上拐弯向上了，恰恰又遇上从后边山口里呼啸而来的山风，送来了棉絮般不住翻腾的云缕，小嘎斯受到了风力的猛烈推动，车轱辘差点儿撞到护栏上，幸而她机敏地向里打了一下方向盘。 方向盘已被她捏出汗来，不，那是她手上的汗，她只在右手上戴了一只拱出指头的破手套。 打小旗的说，那两辆车都是从这儿翻下去的，不过那是返回的时候，下坡的惯性加上山风作怪，再加上接近于九十度的转弯，会叫那些最老练的司机汗毛倒竖。 她已经向后边送去了一个连续闪烁的灯光信号。 后边传来了连续的鸣笛声，好像在急切地呼唤着她。 她急忙靠着老山根刹住了车。

"解放牌"也在急转弯的这边停住了，复员兵正在向她招手。

"啥事儿？"春妞儿急急地问。

"我找到出事故的原因了。"复员兵说。

"因为没堵上背包！"春妞儿感到他在吹牛，便用极不郑重的态度揶揄他。

"不，说真格的！"复员兵没有生气。

"风大、坡陡、急拐弯，对不对？"

"对，还得再加上这老虎嘴！"

复员兵指点着伸向路面的崖头，让春妞儿看。

"车上空间不够。"复员兵说，"那两辆车都是拉木料的，车头过去了，木料别住了老虎嘴，车身一打横，不就栽下去了！"

"你咋知道木料别住了老虎嘴？"春妞儿在挑剔他。

"我刚才看了从出事车上甩到山沟里的树榾柮，都比车厢长出一大截子，装到车上，还不成了高射炮！"

春妞儿已经相信了他的判断："可不，老虎嘴这上嘴唇比汽车高不了一米。"

"我问了打小旗的，他说那两辆车都是屁股朝下叽里咕噜滚下去的！"复员兵望着摔在山沟里的汽车残骸，沉闷而悲伤地叹了口气，"嗜！ 两个屈死鬼，没来得及向上级汇报。"

春妞儿还是第一次从他脸上看到难过的样子。

"你出车来这儿，就是为了这？"

"啊，不是。"复员兵从沉思中醒来。

"那你来这儿，当真是喜欢老山窝？"

春妞儿已经好久没有这样认真地跟一个年轻男子交谈，也好久没有这样认真地打听过别人的秘密了。

复员兵再次避开了她的眼神。 "赶紧走吧，"他向春妞儿投去急速的一瞥，答非所问地说，"得给公路段说说，这老虎嘴上得支个炸药包，崩崩它的上嘴唇。"

汽车通过一个斜形的凹槽，终于驶上了葫芦顶。

他俩都跳下车来。 雪白的云缕正在他俩脚下飘浮，远处是一片无边的、不住翻腾的云海。 伏牛山的群峰如同从云海里伸出头来的牛群，互相呼唤着、鼓舞着；无声地探询着、沉思着；永无休止地涌动着、远望着，去寻找它们的绿洲。在那没有云彩的山野上，可以看见数不清的峡谷，那是大地老人身上的皱褶，在那幽深的皱褶里，却可以看到碧绿的、金黄的、褐红的颜色。 他俩是从那里走过来的。 即使是两个陌生人，也只需要在这样险峻的旅途上同行一次，就可以变成相互信赖的朋友。 然而，春妞儿却拉开几步的距离，从侧面偷觑着穿军装短袄的小伙儿。 她被一个疑问折磨着，她还不曾受到过这样揪心的折磨。 小伙儿显然被眼前的景色迷住了，他敞开军装短袄，用惊喜异常的目光望着云海，大声吆喝着：

"哟——嗬——"

八

当他俩转过身来的时候，才发现葫芦崖是和深山里的一块高原盆地紧密连接着的。 这条道路通向远处一个暗绿色的山坡，那里显然有着一片古老的针叶林，山风送来了松树的浓郁的馨香。 而一个写着"老虎坪由此向西"的路标，把他俩的视线引向一条沿着盆地内侧的盆边蜿蜒而去的狭窄公路。 从岔路口的一个有着圆木围墙的小房子里，走出一个戴红袖箍的青年。

"是去老虎坪的车吧？"他乐呵呵地说。

"不错，可这是几级公路？"复员兵问。

"不在等级了！"戴红袖箍的年轻人说，"是八户承包果园的'山里猴'自筹资金修的路，还没走过汽车咧！"

春妞儿已经把她的小嘎斯驶向高山上的"自筹路"，"解放牌"顺从地跟随着她。 这是一条古老的山脊第一次接受汽车轱辘的历史性时刻，小嘎斯刚刚驶进一道山洼，就传来一片惊喜的喊叫声：

"汽车来啦，大汽车来啦！"

"两辆大汽车，两辆！"

一群孩子正从山梁上跑下来，有的从树上打着滴溜跳下来。接着，山梁那边有一群大人拥过来，为首的是一位四十多岁的高个儿女人，连连向汽车招着手，喊叫着："停停，师傅！"

春妞儿把车刹住了。

"哟嘿，是个女娃！"高个儿女人跑到车跟前，大嗓高声地问，"这车煤是往哪儿拉？"

"老虎加工厂。"

春妞儿把大家逗笑了。高个儿女人笑着说："好闺女，不用怕，俺这儿没老虎，有的是山果，俺就是山果加工厂的'厂头'李秋桃。"她不顾别人对她这个自我介绍嘻嘻哈哈地笑，又说："你看看，山里人少见识，一接住汽车进山的电报，都急着来接车，一口气跑了十来里。"她说着，又忙着向随后赶来的复员兵敬烟。

春妞儿却挑剔地望着前边一座十米多长的石桥，匆匆向桥头走去。

这是一座有着两个拱圈的石桥，横卧在一条十米多深的山沟上，做工极其精致，桥身笔直，桥面石头上打凿出斜向的纹路和雪花般的点状斑痕。一位身体佝偻的老人，拥着棉被坐在桥那边的一辆小车上，不住哮喘着，笑眯眯地跟春妞儿搭讪："不瞒你说，这是俺领着俺一大家子修的义务桥，俺临走就给俺村留下这座桥，接接这大汽车。"他那昏花的老眼看不清春妞儿是在步量桥的宽度，又哆哆嗦嗦地指着一棵弯腰老柿树，自顾自地说："这一冬一春，我就天天坐那儿，对儿孙们说，都给我好好锻石头，十二道棱八个角，一律锻上'风揽雪'。你瞧，一色的'驴皮青'，你这车，它驮得动。"

春妞儿已经步量了桥的宽度，闷闷不乐地瞅了瞅急急走来的复员兵，又痴痴地望着那位坐在小车上的老人，她想说："老大爷，你这桥比俺那汽车轮距窄，汽车过不去！"

但她突然看见，老人那浑浊的眼睛里涌出了大滴大滴的眼泪。"闺女，俺知道俺没几天阳寿了，可俺知足……知足！"老人像孩子那样抽抽搭搭地哭起来，"俺临走再看看汽车咋从这桥上跑过来，俺就知足！"

"爷，爷！"一位十六七岁的小闺女，泪汪汪地责怪那老人，"你这是哭啥哩？"

老人用粗糙的手掌擦着眼泪："你就叫我哭一回，我是哭你奶走早了，咱村不少老人都走早了……"

老人的泪珠是沉重的，每一滴都在春妞儿心中激起了猛烈的震颤。她很难过，好像很久没有这样认真地难过一回了。复员兵也用悲戚的目光望着老人，又焦躁不安地在桥头踱步。山民们都从他俩的神情上，发现了这座石桥的悲哀，但他们沉默着，保留着一个沉重的希望。

"快，快！"老人对他的小孙女说，"快把这小车往路边移移，叫这汽车开过来！"

春妞儿不敢再看那位老人，眼圈红红地离开了桥头。她想起她的老祖父和老山窝里的许多老祖父。在被他们那粗糙的大手抚摸过的、被他们一生的汗水浸透了的苍茫大地上，有多少汽车、火车沉重地碾过去、轧过去，奔向未来的岁月。她不忍再让一位老祖父临终前责备自己：怪俺不知道汽车的尺寸……

"闺女，车过不去？"李秋桃凑过来，小声问她。

春妞儿默然地点了点头。

"不能难为你！"李秋桃说，"就把煤卸这儿，俺再组织小车队，把煤拉回去。"她又远远地望着那位老人，叹口气，说，"就怕他，等不到汽车进村了！"

"不，汽车能过去！"复员兵大步走过来，像一头准备抵架的牤牛那样红了眼睛。他已经仔细地比量了桥的宽度和汽车的轮距，为了不让老人和山窝里的乡亲失望，决计冒一冒风险。"老大爷！"他向那位老人喊道，"你看好，我眼下就把汽车开过去，还得请您老人家坐上汽车回村！"

"你疯啦？"春妞儿小声惊叫着。

"我要疯一回！"复员兵神色严峻。

小伙子登上春妞儿的小嘎斯，把它倒在山梁底下的一片空地，腾开了道路；又跳下小嘎斯，钻到"解放牌"的驾驶室里，马达轰隆隆发出巨响，人们都"唰"地闪在道路两旁。 小伙子打着方向盘，眯细着眼睛，对准石桥，调整了车身，汽车在缓缓开动。

春妞儿突然脸色苍白地奔到车前头，随着缓缓行进的汽车倒退着，用拳头捶着车头喊叫着："你个不要命的，等你插了翅膀再飞吧，车是你主家的，命可是你自己的！"

汽车仍在缓缓行进着，复员兵从车窗里伸出脑袋，突然变得那样亲近而温存。 "春妞儿，你闪开，放心，我不是个冒失鬼，你就看我飞一回！"

春妞儿迟疑地闪开了。

复员兵向春妞儿送去一个沉静的微笑，迅即挂上高挡，加大油门，卡车发出呼啸，冲过一段陡坡，减慢车速上了石桥。 啊，后边双轮的两个外轮都有一半在悬空转动着，轰轰隆隆，沉稳地过了石桥。

山民们发出了欢呼声。

春妞儿却抱着一棵小桃树，浑身瘫软地滑溜着，歪坐在湿漉漉的草地上。 "鬼小子！"她无力地咒骂着，从心底舒出一口气来。 桃花瓣儿落在她的脸上，好像在提醒她，你这是咋啦？ 你为啥为一个还不知道名姓的小伙儿吓成这样呢？ 你为啥为他的冒险举动牵心挂肠呢？ 他是你的啥啥，你又是他的啥啥呢？ 春妞儿脸上发烫了，幸而人们没有发觉她的失态，都围着冲过石桥的汽车，在歌颂那个飞越天堑的英雄。那位英雄却骇然地瞅一下她，拨开人群，向她走来了。 她娇饰地捡起了那片花瓣儿，在舌尖上湿了湿，粘在嘴唇上，好像她歪坐下来就是为了这片鲜嫩的花瓣儿。她扶着桃树站起来，脸上又露出凛然而冷漠的神情，朝那个向她走来的复员兵说："原来是这一招儿，你一边儿站着，瞧我的！"

李秋桃急急跑过来，拦住春妞儿，说："我的好闺女，你就把车撂这边吧，别叫我再吓死一回啦！"

复员兵却把小嘎斯开过来，掉好车头，对春妞儿说："我想试试你这车，听这马达声倒是怪顺耳的！"

"不行！"春妞儿说，"我这铁牲口怕见生人，光尥蹶儿！"她又满不在乎地嬉笑着，对李秋桃说，"婶子，要不是害怕吓着你，我就把这车倒着开过去。"

"不假！"复员兵在鼓励春妞儿，"你们没见过她'倒桩'，两行竹竿夹条道，不比这桥宽多少，她'哧溜'把车倒过去，不碰竹竿儿！"

春妞儿向复员兵瞟了一眼。哼，这娃子说不定在司机考核时就盯上俺啦！春妞儿左手叉腰，右手向复员兵招了两招，示意让他下车，又向桥那边坐在小车上的老人喊道："老大爷，您看着，我这车也得从您这桥上飞过去！"

春妞儿转身登上踏板，却望见复员兵没有下车，只是向右边移了移身子，给她腾出了驾驶的位置。她没有赶他下去，因为他那变得沉静而又坚毅的神态，透露出对她的亲近和信赖。春妞儿缓缓起动，迅猛加速，"唰"地冲过了石桥。山民们又是一阵欢呼。春妞儿面无血色，却在淡淡地笑着，嘴里还噙着那片花瓣儿。

坐在小车上的老人高兴得老泪纵横，像孩子一样手舞足蹈。"中，中，我就留下这桥！"他没有发现汽车过桥的秘密，人们都不无悲怆地向他保留了这个秘密。他的儿孙们将会悄悄地加宽石桥，让这位老当家的带着一个没有缺憾的黄昏，向着一个没有边际的黑夜走去。

两辆汽车同时开动了。老虎坪的乡亲连同一辆小车都坐在汽车的煤堆之上。热泪盈眶的老人是被复员兵搀扶到他的驾驶室里的，身边坐着他的不住用一条花手帕揩着泪水的小孙女。

坐在春妞儿驾驶室里的李秋桃，正在静静地、温存地从一旁望着春妞儿，小心翼翼地为春妞儿轻拢了一下被山风吹乱的头发，又用自己的头发卡子替她卡上了。

"我得狠狠教训一下我那三娃子！"

"谁？"

"叫你拉煤的冒失鬼！"

"为啥？"

"水灵灵的小闺女家，他就不怕吓住你！"

"不怪他，婶子，俺是自愿来的。"

"咦，且不说这桥是意外，那葫芦崖能是你惹的！"

"俺巴不得来这儿跑个来回趟。"

"咋啦，闺女？"

"说了你笑话……"春妞儿眼圈红了。

李秋桃惊异地瞅着春妞儿："嗜，你婶子可不是那号尖薄人，有委屈可不能沤肚里！"

春妞儿打着方向盘，凄然不语。

"说呀，闺女！"

春妞儿瞥一下她，用微弱而颤抖的声音说："婶子，俺急着使钱哩！"

李秋桃愣了一下："嘻，你咋不早说，你婶子给你现的！"

喜悦和悲伤同时涌上春妞儿的心头。她刚才摆脱了金钱的驱使，而眼下又恢复了对金钱的算计。

九

热心肠的李秋桃，已经付给春妞儿一千二百元现金，其中半数是破例预支的。因为刚刚装车的五吨山果，按规矩是要在送到货主手里以后才能付给运费的。在李秋桃那座石头拱圈的大窑洞里，春妞儿几乎是哆哆嗦嗦地接过了一百二十张票面十元的人民币，接着，又是那样急切而欣喜地、快慰而悲凉地把一沓人民币，装进旅行挎包里面的一个有拉链的暗兜。她急急地向小嘎斯那边走着，恨不得马上飞回去，搬掉压在她心上的一块石头，那是一块多么沉重的石头啊！即使在她趴到方向盘上打盹儿的时候，也常常在恍惚而迷乱的梦境中惊醒，感到喘不过气来。

只有孩童们的心中还没有来得及压上石头。他们正坐在李子树下，望着停在李子园旁边的两辆汽车，拍着小手，给汽车唱着儿歌：

> 桃花开,杏花败,
> 李子骨朵跟上来。
> …………

儿歌把春妞儿吸引到路边的李子树下。 她摘了一片边缘像锯齿的长圆形嫩叶，用那小小的锯齿拉着自己的脸蛋，又望着嫩绿的花骨朵里绽出的粉白的花蕊，心里充盈着喜悦，同时也感到隐隐的疼痛。 她怜悯杏花，它已过早地衰败了；她羡慕盛开的桃花，因为她脸上已经失去了桃花的红晕；她憧憬着李花，希望自己能够像李花那样洁白素雅。 而眼下，她捏紧了挎包里的钞票，向她的小嘎斯匆匆走着。 她刚才不好意思在秋桃婶子脸前查钱。 她需要跟一切花儿告别，赶紧钻到驾驶室里点一点数。

> 七月枣,八月梨,
> 九月柿子红了皮。
> …………

春妞儿来到汽车跟前的时候，孩子们立即收敛声息，用敬畏的目光打量着她。 "司机姐！" 一个小妞这样叫她。

这比她过去听到的一切称呼都要纯朴而洁净。 她温存地摸了摸小妞的小辫儿。

这时候，复员兵正从小嘎斯车身底下钻出来。 他脸上的油垢和歪戴的帽子，使他的样子变得很滑稽。 他向孩子们扮了个鬼脸，逗得孩子们嘻嘻地笑，然后，极其庄重地向春妞儿报告："汽车检查完毕，一切正常，只是紧了紧传动轴上的螺丝帽。"

"谢谢！"春妞儿故意打了个呵欠，钻进了驾驶室。

复员兵驱赶着那群孩子，向一条小溪走去。

春妞儿急不可耐地锁死了车门，拉上了蓝底白花的窗帘，开了顶篷灯，从挎包里掏出那一沓钞票，高高地托在手上，眯着眼瞧了又瞧；又把它放在怀里，熟练地捏着钞票的两角，飞快地点完了数，一百二十张！ 她用一条花手绢裹住钞票，打了一个死结，把钱包高高抛起，用双手接住，让它在手掌上翻了一个跟头，又麻利把它塞进挎包，随即拉上拉链，熄了顶篷灯。 她感到，压在心上的沉重的石头，像冰块碰上了火焰在融解，可以枕着挎包，舒舒服服地打个盹儿了。

然而，清爽的春风又从远处送来了孩子们的儿歌：

桃三杏四李五年，
枣树栽上就赚钱！
…………

　　春妞儿心里像被锯齿拉了一下。 她觉得，这支儿歌已经失去了让她想起童年、想起果园、想起老祖母、想起大自然的韵味和魅力，像在毫不留情地描摹着她的变异，揭破了她内心的一个秘密。

　　"嗜，就赚钱！"

　　春妞儿哭了，这支"就赚钱"的儿歌使她哭了。 她静静地侧卧在驾驶座上，没有睁开眼睛，任凭泪水从她的眼角涌出来，流淌在那个装着一沓子人民币的挎包枕头上。 她不知道自己是被金钱的魅力吸引着，还是被金钱的鞭子抽打着，已经连续九天，行车四千二百公里；待会儿，还有四百公里险峻的山路等待着她，她必须在今天夜间赶回家里。 这样，她就可以用这九天之内舍命挣下的五千多元，挣脱笼罩着她的一个巨大的阴影了。

　　谁在轻轻敲窗。 春妞儿急忙拭去眼泪，把窗帘撩开一个角向外观望。 是复员兵站在驾驶室旁边，正向窗内盯视，却与车窗保持着两米开外的距离。 春妞儿开了顶篷灯，匆忙地照了一下小镜子，又熄了灯，开了车门。

　　"咱该上路了。"复员兵盯着春妞儿哭红的眼睛。

　　春妞儿忽然直视着他："你为啥老是盯着我？"

　　"你说啥？"

　　"你的眼为啥盯着我的眼，你的车为啥盯着我的车！"

　　复员兵也直视着她："为啥不能？"

"我……"春妞儿顿了一下，不知是泼野地还是悲伤地说，"我名声不好，知道不？"

"啥？ 你咋能这样糟蹋自己！"复员兵气恼地瞪着春妞儿，好像是自己受了侮辱，"李班长对我说……"

"谁是你的李班长？"

"李柱，他比我早复员三年……"

"可我问的不是他！"

"可他对我说，有个金不换的好闺女，眼下却要用金钱赎回自己！"

春妞儿打了一个寒战："你说谁？"

"一个'开车妞'！"复员兵继续直视着她，"她买了一辆嘎斯车，却借了三十八家的账，还贷了五千元的款。 她跑车八个月，还完了一万元的私人账，可眼下，因为她顶撞了银行营业所吴主任派来的媒人，因为她朝吴主任那位油头滑脑、尖嘴猴腮、动手动脚的大公子脸上'呸'地吐了口唾沫，吴主任就抓住她爹当初怕政策改变、说了瞎话的辫子，给她爹扣上一顶'骗取农机贷款购买汽车'的帽子，限她十天之内连本带利还清五千元的贷款，要不，就要扣下她的嘎斯车，收了她的行车证，今天，已经到了第九天！"

春妞儿心情悸动地睁圆了眼睛，身上不住地打着冷战。她那眼睑上蒙着青晕的眼睛里涌出了泪水，她趴在方向盘上哭了。

复员兵的神情是冷峻的，他甚至不愿意给春妞儿一个喘息的机会，紧接着说："为了按期归还这笔贷款，她跑车跑疯了，这九天，她没睡够四天的觉；这九天，她没吃够三天的饭！ 驾驶室不是好坐的，她的脚脖子累肿了；夜车不是好开的，她的眼熬红了！ 她舍命来闯葫芦崖，她假装满不在乎，可她刚才拉下了花窗帘，在偷偷地哭！ 要是她的钱还没凑够，那就请她开开金口，有个扛长活的，兴许能给她凑凑数！"

春妞儿倏地从方向盘上抬起头来，摇落满脸泪花花，大声说："俺凑够了，凑够了！"

复员兵扔给她一条湿了溪水的毛巾，从心底舒出一口气来："那好，咱现在就上路，明天一早，你就把钱摔到他脸上，再去睡个好觉。 以后，这车是你的，你也是你的了！"

春妞儿把复员兵的毛巾久久地漯在自己的脸上，让它吸吮着脸上的泪水。 她感到一阵清爽，仿佛听见山涧溪水在哗哗作响，闻到了果园里的清幽的花香。 又有两滴温热的眼泪被毛巾吸吮去了，一股暖流却在她胸中暗暗流淌。

十

汽车往回开的时候，秋桃婶子早已领着一群山民，用杉木杆子加宽桥面去了。 留在村里的老少乡亲都跑来送行。那位修桥老人，也由儿孙们搀扶着来到村头，泪汪汪地凝望着两个把汽车开过他的石桥的年轻人，凄情地嘱咐着："你们再来时，要是没有我了，你们就把桥这边那棵老柿树当成我吧，我就一直站在那儿，等着，盼着……"

复员兵忽地跳下汽车，脚跟并拢，向老人行了一个标准的军礼。 春妞儿的心被一种说不明白的感情残酷地蹂躏着，为了老人的嘱托，也为了一个满含热泪的军礼。 她觉得，这嘱托是给予他俩的，这军礼也是属于他俩的。 虽然她还不知道他的名字，但他俩已经变得那样亲近而不可分离。

两辆满载山果的汽车，奔驰在莽苍苍的山野上。 春妞儿用潮湿的目光望着那棵柿树，那是一棵像生铁铸成的老树，佝偻着腰，站在褐红色的山坡上，向远处伸展着冒出新叶的树枝。 在柿树后边的山洼里，春风从桃园掠过，摇落了满树桃花，搅乱了一个古老山洼里的粉红色的梦境，而在夏季的枝头将会结满肥硕的果实。

两辆形影相随的汽车，消失在大地的皱褶里，留下了新鲜的辙印和欢快的笛声。

1984 年 7 月写毕于郑州

"自己时代"的"圣心书"

——张一弓中篇小说重读

何向阳

　　"从来小说家就是自己同时代人的秘书"，这句话是小说家巴尔扎克说的。张一弓写于1983年2月27日的《听从时代的召唤——我在习作中的思考》一文在着重引用了这句话后，说道："当我写了《犯人李铜钟的故事》以后，才不无惶恐地意识到，我是力不从心地做着这样的'秘书'工作了。"

　　的确，研究历史的轨迹，追随时代的步伐，为正发生变化并经历着深刻变革的中国农村做一些忠实的记录，在中国当代作家中有许多优秀的作品选项，而新时期之始，记录60、70、80年代的中国乡村变化的文学作品，优秀者我们可选出南丁的《旗》、刘真的《黑旗》、茹志鹃的《剪辑错了的故事》等，但是在这些优秀者当中，我们绕不过去的一定有张一弓的《犯人李铜钟的故事》。原因何在？在于它记述了一个作家对于中国农民一段严酷的历史命运的痛苦思考。这种思考是以人民为基本出发点的思考，是一个作家从"人"出发的人道主义的思考。

在一个特别的时期，人应该怎么做，才是作为人应该做的；在农民处于极度困难以至死亡的边缘时，农村干部应该怎么做，才真正是维护党的声誉、对党忠诚的。《犯人李铜钟的故事》提供了一个作家对这个问题的答案。小说的故事背景发生于20世纪60年代，李铜钟为了李家寨的上百十口百姓能存活下去，未经批准动用了国家粮食库存，并以"统销粮"的名义发给大家，救活了李家寨的乡亲，自己却被戴上手拷，最终还是因长期饥饿而死于县卫生院的病床上。当然，李铜钟和"涉案"的朱老庆、田振山最终都得到了平反，但是代价是惨痛的。历史需要反思，就像主人公之一田振山在"但是"之后的思考："还需要制定那样的法律，对于那些吹牛者、迫使他人吹牛者，那些搞高指标、高征购以及用其他手段侵犯农民利益而屡教不改者，也应酌情予以法律制裁。"作者写道，活下来的主人公田振山"辛酸地想，需要这样的法律！"当吉普车爬上走风口，我们的主人公看到山洼里静静的李家寨，和一座坟上庄稼人的供飨和花圈时，他的眼睛湿润了。他在心底呼喊：

"记住这历史的一课吧！"

"战胜敌人需要付出血的代价，战胜自己的谬误也往往需要付出血的代价。活着的人们啊，争取用较少的代价，换取较多的智慧吧！"

这当然也是发自作家张一弓心底的呼喊。这呼喊发于1979年8月（小说发表于《收获》1980年第1期），距今已四十余年，却仍具有文学的意义，值得我们倾听。

张一弓是一位有思想的当代作家。这种思想如果追其根源，一方面是他的家学渊源，更多的是他个人对现实的深度观察。他曾写道："作为一个同农民一起试行联产责任制的驻队干部，使我在关注着农民的历史命运、注视着现实农村中各种人物情态的时候，总是摆脱不了历史变革时期的政策对他们的重大影响，排除不了在农村现实变革中起着决定作用的政策的因素。文学是人学，要写出各种栩栩如生的人物典型，这是毋庸置疑的。而我生活其中的环境和我的社会实践，总是使我情不自禁地从新的农村经济政策所带来的物质生产形式的变更和生产关系的变化中，观察不同人物在新的历史舞台上的各个不同的表演，他们在思想方式、行为方式、心理状态上所产生的深刻而微妙的变化。"

关于人与政策的关系，或者说政策中人的表现和变化，更开阔一点说，是人在社会中的角色与人格的关系及变化，作为一个注重于现实生活的作家，是必得通过自己的思索而获得答案的。于此，张一弓的思索并未止步，他借助于文字反躬自问式地进一步求证写作对于他个人的意义与奥秘："既然历史转折时期的政策如此广泛而深刻地联结着千家万户的命运，如此强有力地改变着人们的思想方式、行为方式和思想状态，既然这些政策是农民为之付出极大历史代价的智慧创造，那么当我试图反映现实农村的这一场深刻变革的时候，为什么一定要对变革时期变革的政策畏而远之，似乎不如此就不能使文学得到'净化'而成为不朽呢？ 图解政策的教训是值得永远记取的，但在纠正这一谬误的时候，是不是一种'把婴儿同洗澡水一起泼出去'的不幸呢？ 如果我在文学习作的全过程中牢牢记住从生活出发、从人物出发，那么，当我在社会生活中，在人与人、人与环境的关系中碰到了政治的，甚而是政策的因素，是否可以不必避开这些因素，而把这样能否写出大约每一位作者都希望写出的不朽之作的批准权交给历史，而心甘情愿地写一些可能'速朽'的文字呢？ "足见在现实承担与艺术追求之间，张一弓身为一个作家和书记员的矛盾。 但是他随即又很好地解决了这一看似矛盾的"矛盾"，同样是在《听从时代的召唤》这篇文章中，他写道："不要图解政策和任何既定概念，但也不要避开政策对历史、对你所要写的人物命运以及他的形态和心态的重大影响；不要搞实用主义的趋时之作，但也不要拒绝接受不断变动着的时代通过活鲜鲜的人物形象传递给你的生活的指令。"我想，这不仅是作为现实主义作家的张一弓经由思考得出的结论，也可以视作他的文学所秉承的艺术精神的自白。

从这样的文字中，我们反观其小说中社会政治或现实政策中的人，便不难理解张一弓小说笔下的人物，都带有强烈的社会性。 "李铜钟"之外，我们在"张铁匠"身上看到了农民在一定历史时期的爱情和命运，我们更从"春妞儿"这个人物身上看到了农民作为主体在一定政策下对于命运的把握与改写。 中国农民的命运,的确与历史社会中的政策关系密切,毋庸讳言,张一弓的小说显明地体现了这一点。 但更令我感动的还不是他对于社会的感知,而是他小说中对于承载着社会因素的人物——农民的塑造。

从某种意义上说,1979 年横空出世的"李铜钟"在当代文学中是一个"新人",他的"新"在于为民请命,在于独立思考,更在于人民至上、人命关天。 "李铜钟"诞生于新时期文学之初的人物画廊中,其意义不止在于一个文学中的"新人"的出现,而是这个"新人"身上显现出的人性的思想的光辉,这一光辉正是在新时期文学之前的十年文学中已经被人们遗忘和忽视了的。 从这个意义上,我更赞赏《春妞儿和她的小嘎斯》中的"春妞儿",这是一个让人振奋的"新人",她的"新"在于,作为一个农村女孩,爱情因地位和身份而受挫,但她不曾气馁,而是苦学开车,成为拉货司机中的佼佼者,以自食其力的本领和淳朴宽厚的人格赢得了新的爱情。 这个乡村女性形象,让我们看到了改革开放的政策是如何深入山村的一个角落,如何改写了一个山村女孩的命运。

而关于这一切的认识,是由一位作家带给我们的。 是他的记录,让我们记住了一个时代与时代中人的关系,同时也让我们对一位作家在时代中的作为有所认知。

我想,这种认知并不复杂。 它是真理,也是常识。 一个作家之于他那个时代要做的,不外乎两个字——诚实,诚实地记录，诚实地思考，并将这种诚实传递出去。

这一常识，如果用张一弓本人的表述，就是：

"辩证唯物主义的世界观总是让人们看到现实生活中两种'现实'的存在：一种也许是在某一个历史阶段上或某一个局部环境中占据优势的黑暗势力，但它在总的趋势上却在消亡着，正在失去它的必然性和现实性；而与之矛盾冲突着的对立面——也许在某一个历史阶段上或某一个局部的环境中居于劣势的进步力量，却在斗争中成长着，正在愈来愈惹人注目地表现着它的现实性和生命力。以辩证唯物主义的世界观为某哲学基础的革命现实主义文学，应当能够对这两种'现实'做出符合它们本来面目的反映，从而使我们既能够坚持现实主义文学的批判性而又同批判现实主义文学划清界限，既吸收浪漫主义文学的强烈的理想光芒而又把理想的光芒置于现实生活的基础之上。"

这段写于 1983 年 2 月 27 日的文字，在今天看来仍具意义。于此，我们不仅需要感谢作为"自己同时代人的秘书"的小说家张一弓，同时也要感谢伟大的辩证法，和笃信并传达它的伟大的文学。

2020 年 2 月 7 日于北京

图书在版编目（CIP）数据

犯人李铜钟的故事/张一弓著；何向阳主编. --郑州：河南文艺出版社，2020.4
（百年中篇小说名家经典／何向阳总主编）
ISBN 978-7-5559-0637-7

Ⅰ.①犯… Ⅱ.①张…②何… Ⅲ.①中篇小说-小说集-中国-当代 Ⅳ.①I247.5

中国版本图书馆 CIP 数据核字 (2017) 第 310378 号

丛书策划　陈　杰　杨彦玲
本书策划　李亚楠　　　　　责任校对　陈　炜
责任编辑　李亚楠　　　　　责任印制　陈少强
丛书统筹　李亚楠　　　　　书籍设计　书籍／设计／工坊
　　　　　　　　　　　　　　　　　　　刘运来工作室

犯人李铜钟的故事
Fanren Li Tongzhong de Gushi

出版发行　河南文艺出版社
本社地址　郑州市郑东新区祥盛街 27 号 C 座 5 楼
邮政编码　450018
承印单位　河南瑞之光印刷股份有限公司
经销单位　新华书店
开　　本　787 毫米×1092 毫米　1/32
印　　张　8.125
字　　数　150 000
版　　次　2020 年 4 月第 1 版
印　　次　2020 年 4 月第 1 次印刷
定　　价　29.00 元